Versailles
Vérités et légendes

ヴェルサイユ宮殿
39の伝説とその真実

ジャン＝フランソワ・ソルノン　土居佳代子 訳
Jean-François Solnon　Kayoko Doi

原書房

ヴェルサイユ宮殿——39の伝説とその真実◆目次

まえがき

「この建物によって残ることになる王についての永遠の記憶は、嘆かわしいものとなるだろう」
コルベール

ヴェルサイユはいまも生きている。ルイ一三世のつつましやかな建物が、ここを自身と宮廷の居場所としたルイ一四世によって拡大され、改造され、美しくなって、城は永遠にそこに立ちつづけると思われた。ところが半世紀にわたる栄光と輝きの後、一七一五年九月一日にその創造者が崩御するとすぐ、永遠に打ちすてられたかに見えた。亡き王の甥であって摂政となったフィリップ・ドルレアンとまだ幼かったルイ一五世は、ヴェルサイユを去ってパリへ行ってしまったのだ。オルレアン公はパレ＝ロワイヤルに、若い国王はテュイルリーに住むことになる。そしてヴェルサイユは七年間かえりみられることがなかった。だが、一七二二年、新王と宮廷は太陽王の宮殿に戻ってきた。ヴェルサイユはよみがえった。

革命が起こると、宮殿は大混乱のなかで、ふたたび目覚める希望のない眠りに入る。一七八九年一〇月六日、王一家は宮殿から引き離されて、悲劇の運命が待つ革命のパリへ向かった。こんどこそヴェルサイユは決定的に断罪され、解体が約束されたようだった。

一九世紀には、フランス国王ではなく「フランス人の王」を名のったルイ＝フィリップが、かつての王の住まいを、かなりそこないつつもフランスの歴史博物館としてよみがえらせた。その後一八七〇年からはじまった第三共和制はここに政治の基盤を置き、ここにいくつかの機構を創設した。今日もなお、議会が憲法改正を行なうときはここで会議が開かれる。こうしてフランス王の遺産が国民の財産となった。ヴェルサイユは一九四四年の連合軍の空爆ものがれて、生き残った。

今日では、宮殿の生命力は別の仕方で現れている。ヴェルサイユは、フランスでももっとも多くの集客数を誇る観光地の一つとなった。その数は年間およそ七〇〇万人と、年によってやや変動はあるもののルーブル美術館に次いで多く、エッフェル塔や、やはり人気のモン・サン・ミッシェルよりずっと多い。そこでは学芸員たちが、王の大《グラン》アパルトマンからマリー＝アントワネットや王太子やルイ一五世の寵姫たちの小《プティ》アパルトマンまで、好奇心にあふれた人々にこたえるべく、バラエティに富んだ見学コースを用意している。庭園や植物園、大《グラン》トリアノン、小《プティ》トリアノン、そして王妃の有名な田舎風《アモー》の別荘訪問もくわえることができる。さらには、音楽と大噴水のショー、夜の大噴水と花火、夜の祭典、音楽の演奏、モリエール月間、音楽の秋、ヴェルサイユ・オフといった数々のイベントも企画されて、宮殿は元気に息づいている。

映画も負けていない。二〇世紀の初頭から、およそ一六〇本の映画がヴェルサイユで撮影されたが、そのうち歴史ものはたったの四分の一である。とにかく、ヴェルサイユは映画館やテレビの視聴者の茶の間にも押しかけてくる。だが歴史ものでも、アンドレ・ユヌベルの「せむし」での前庭（一九五九年）、クロード・ボワソルの「レグロン、ナポレオン二世」の大厩舎（一九六一年）、パトリス・ルコントの「リディキュール」における庭園（一九九八年）のように、建物も庭も「当時の衣装をつけた」映画のなかで、背景としてちらりと見えるだけのときもある。

逆に多くの映画やテレビドラマでは、ヴェルサイユの壮麗な姿を正面から見せてくれる。宮殿建設の過程を追い、宮廷の生活を描いた、高名なサッシャ・ギトリの「ヴェルサイユもし語りなば」（一九五三年）あるいは、ヴェルサイユやトリアノンを、ミッシェル・モルガン演じる軽率な若い王妃の、そこから引き離されて悲劇がはじまる前の歓楽の目撃者として描いたジャン・ドラノワの「マリー・アントワネット」（一九五五年）から、ロベルト・ロッセリーニの真面目な作品「ルイ一四世による権力の掌握」（一九六六年にテレビ映画化された）、ソフィア・コッポラの奇抜な「マリー・アントワネット」（二〇〇六年）、またブノワ・ジャコーの「マリー・アントワネットに別れをつげて」（二〇一二年）まで、さまざまだ。一九三八年から今日まで、マリー＝アントワネットの生涯を描いた四本の映画が撮られ、さらに一九〇九年から五本の長編が首飾り事件を扱っていて、監督たちのこのヴェルサイユでの事件への関心をきわだたせている。しかしほんとうのところ、そこには歴史上疑わしい挿話や誤解が混じっていることも少なくない。

マリー＝アントワネットと親しかった、武芸にもすぐれた音楽家を描いたクロード・リブによる「シュヴァリエ・ド・サン＝ジョルジュ」（二〇一一年）や、リュリのまばゆいばかりの活躍をたどったジェラール・コルビオの「王は踊る」（二〇〇〇年）などには、王宮が芸術家たちをいかに快く迎え入れていたかを強調する意図がみえる。

ヴェルサイユに着想を得て、チエリー・ビニスキの三部作（「ヴェルサイユ」、「王の夢」、「ルイ一五世、黒い太陽」、あるいは二〇〇七年から二〇一一年にかけて放映された「ルイ一六世、王になりたくなかった男」のようなテレビ用のドキュメンタリー・フィクション）も制作されている。これらは好んで君主の後ろに隠れた真実の姿に迫ろうと、荘重な儀式と私的な場面が代わるがわる続く映像で、王宮における宮廷の暮らしの公の顔と秘密の顔を描いてみせた。

ニナ・コンパネーズ制作のすぐれた二部作のテレビ映画「王の並木道」（一九九五年）は、フランソワーズ・シャンデルナゴールの同名の美しい小説［邦訳では『無冠の王妃マントノン夫人――ルイ一四世正室の回想』］が原作で、宮殿のなかに、ルイ一四世の知られざる一面から見た、高慢なモンテスパン侯爵夫人とやさしいマントノン夫人とのライバル関係を想起させるのにうってつけの場所を見つけて、巧みにとりいれている。かといって、視聴者に建築や設備の詳細を押しつけがましく見せたりもしない。ここまで繊細かつ正確にヴェルサイユの日常生活を伝えている作品は、まれである。さらに、このテレビ映画は、全般に大手プロダクションより厳格で、サッシャ・ギトリやソフィア・コッポラやその他の監督が歴史に対して楽しそうに自由な態度をとっているのに比べ、もっと忠実であろうとしている。

映画はヴェルサイユの名声を高めるのに寄与したが、それとともに多くの伝説が、公衆の期待にこたえようとする監督たちによって、あきることなくくりかえされてしまった。たとえばサッシャ・ギトリは、フランス歴史美術館を創ったルイ＝フィリップの流儀で、古いフランスと新しいフランスを和解させ、戦争から立ちなおった一九五三年の同時代人たちに、フランス人であることの誇りをふたたびあたえようとした。そのため、ヴェルサイユ宮殿を主人公にすえて理想化し、それが人間の形をとった王をたたえ、ルイ一四世の大御世《グラン・シエクル》に感嘆してみせ、アンシャンレジームにも寛大だが、またエディット・ピアフに革命歌「ア・サ・イラ」を歌わせ、何人かの「革命家たち」のシルエットを素描し、ロベスピエールやナポレオンやルイ＝フィリップをよびだすことも忘れなかったし、王宮の上に共和国の三色旗をはためかせることまでした。だが、そこにちりばめられた数えきれないほどの誤り、矛盾、時代錯誤にもかかわらず、この映画は人々のあいだで大成功をおさめないということにはならなかった。今日では多くの映画人が、似たような観衆の受けを狙って、われわれの時代人の閨房への好奇心を満足させ、ヴェルサイユ宮殿を堕落した野望、恥ずべき情事、淫らな行ないの場とするのを好んでいるように見える。

偉人の欠点や恥ずべき秘密をあばくことをしがちな「伝記映画」に特権をあたえる時代、人々が面白がって歴史の裏舞台を探る時代にあって、有名な俳優陣を起用し、豪華な背景で制作される映画もテレビ映画も、あいかわらず伝説や不正確なところを伝達しつづけている。想像することより、最上の資料にあたり、修正し、相対化し、理解しようとすることばかりに気を使う歴史家は消え失せろ！

というわけだ。

ヴェルサイユにかんする伝説には事欠かない。本書の目的は、それらをふみにじること、またあまりによくくりかえされている半事実をくつがえすことである。それはこの宮殿とその創造者たちの名誉のためなのだ。ある人々には、王宮はすっかり完成した姿で、自然がすべてを拒否していた谷から生えてきたように思えるかもしれないが、その歴史は数しれない試行錯誤と修正でできている。宮殿に太陽王の痕跡しか見ないのは、まるでルイ一四世の死後に続いた三世紀がなかったかのようだ。またこれが完璧な古典主義の傑作、フランス精神の発露だというのは、初期のヴェルサイユはときに「バロック」だといわれ、長いあいだイタリア派の建物だといわれていたことを忘れている人々である。

ヴェルサイユのすばらしさに感激した多くの観光客は、ヴェルサイユの美が当時から同時代人全員の合意を得ていたと思いこんでいるだろうが、宮殿には建築された当初から激しい批判があり、建て直しの計画がつねにあった。また王宮での毎日が、規律に沿ってバレエのように行なわれていたようなこともいわれるが、王宮が蜜蜂の巣のように騒がしく、人が多すぎて、ざわざわとおちつきのない雑踏だったことがわかっていない。

また、批判的な人々は、ヴェルサイユが王国を破産させ、パリの足をひっぱり、王を国民から遠ざけ、貴族を堕落させたと主張した。宮殿は暇な宮廷人たちの歓楽のためだけの不健全な場所でしかなかったといわれる。多くの伝説の出所は、怒りっぽいサン＝シモン公爵［一六七五—一七五五。宮廷人としてルイ一四世の治世の後期から、オルレアン公フィリップの摂政時代について膨大な回想録を残した。

皮肉な筆致で、記録としても文学としても高く評価されている」の回想録や第三共和制時代の学校教科書だった。王宮の実際は違う。ヴェルサイユは粗雑な考え方しかしない人々をまごつかせるし、パラドックスがひそんでいるので、単純な考えを好む人々を道に迷わせるだろう。

非常によく知られたこの宮殿は、そのせいでだれにとっても親しみ深く感じられる。アメリカから中国、あるいは日本まで、今日ヴェルサイユを知らない人がいるだろうか？　この名声が曲者なのだ。わたしたちの目や想像力にとってあまりに存在感があるため、かえってこの有名な宮殿はここを訪れるだれにもあまりよく知られていない。

読者の皆さまへ

本書はヴェルサイユについての歴史書ではない。伝説を生んだ事柄のみを扱っている。この本の目的は、伝説による誤解や反真実をくつがえすことなので、まず「ヴェルサイユはフランスを破産させた」のように問題となる伝説を各章のタイトルとして掲げ、そのもととなった、あるいはそれを支持している文章を引用し、それからそれを否定したり、修正したりしている。

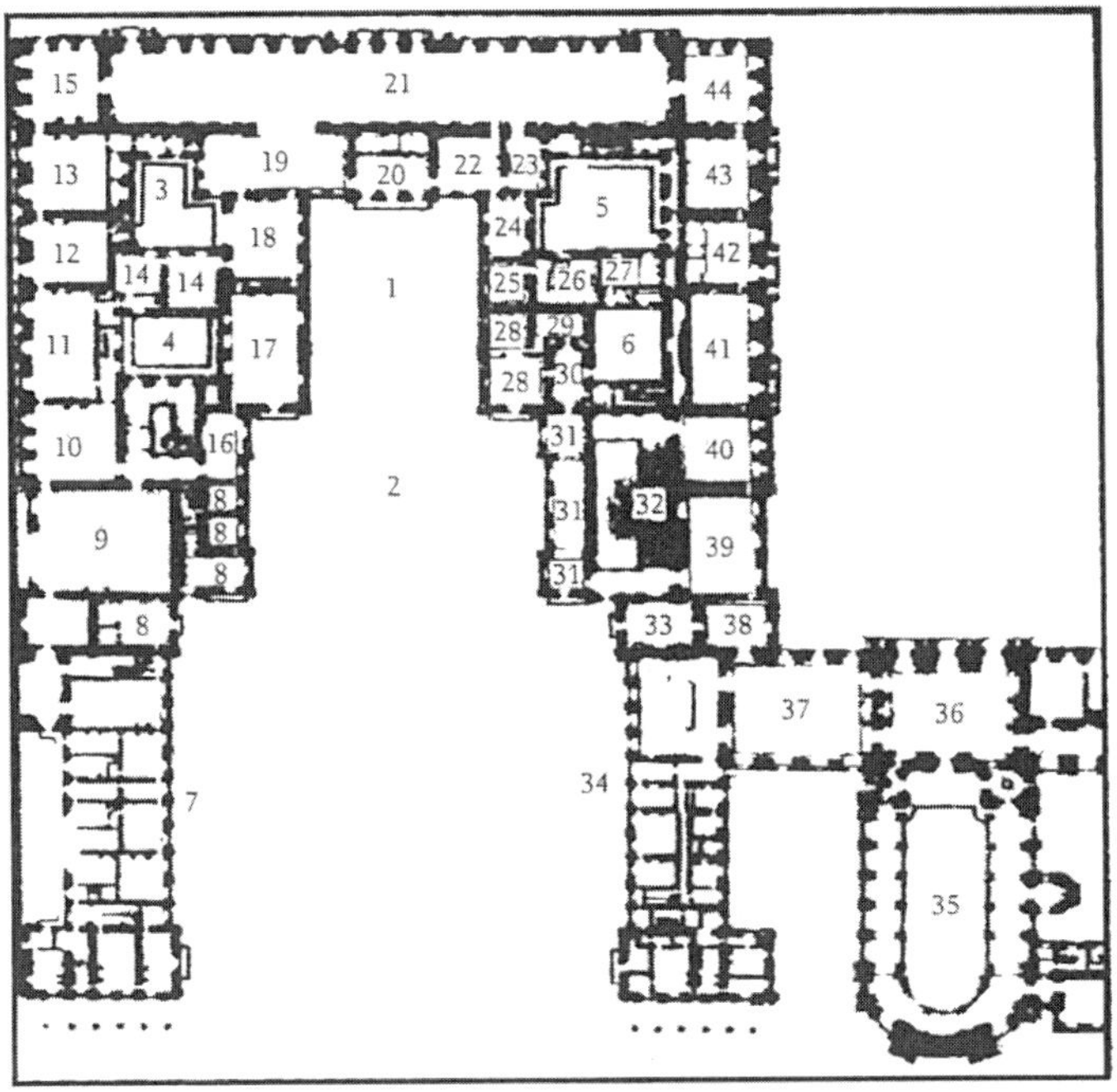

1714年における主屋２階の見取り図　© Paris, BnF

1　大理石の内庭
2　国王の前庭
3　王妃または王太子の中庭
4　王弟の中庭
5　鹿の中庭
6　王の小中庭
7　王子たちのアパルトマン（旧翼棟の）
8　マントノン夫人のアパルトマン
9　護衛兵の大広間（または収蔵庫）
10　王妃の衛兵の間
11　控えの間
12　グラン・キャビネ
13　王妃の寝室（王妃のアポロンの間）
14　ブルゴーニュ伯のアパルトマン
15　平和の間
16　王妃の階段
17　王の衛兵の間
18　（第一の）控えの間
19　牛眼の間（第二の控えの間）
20　国王の寝室
21　大ギャラリー（鏡の間）
22　閣議の間
23　かつらの間（テルメ柱の間）
24　犬の控えの間（ビリヤードの間、のちのルイ15世の寝室）
25　王の小階段の間
26　王の小階段
27　サービスの間
28　瑪瑙と宝石の間
29　書籍の間
30　楕円形の間（ブロンズの間）
31　小ギャラリー
32　大階段（大使の階段）
33　メダルの間
34　閣僚翼
35　礼拝堂
36　礼拝堂の玄関
37　大広間（のちのエルキュールの間）
38　豊穣の間
39　ヴェニュスの間
40　ディアーヌの間（またはビリヤードの間）
41　マルスの間（または舞踏会の間）
42　メルキュールの間（または盛儀寝台の間）
43　アポロンの間（または玉座の間）
44　戦争の間

1 ヴェルサイユはルイ一四世が最初に手がけた建築物だった

「自分の治世の偉大さをよく示すために、ルイ一四世は自分自身の王宮がほしいと思った。そこで前王が住んでいたルーヴルを放棄して、ヴェルサイユ宮殿を建設した」

ジャック・バンヴィル『フランス小史』

「ルイ一四世はパリの近くにヴェルサイユを建設させた。じつに美しい宮殿で、世界中探してもこれに匹敵するものはなかった」

ラヴィス『フランス史、基本講義』

ヴェルサイユはルイ一四世の名とあまりに深く結びついているので、人はこの有名な宮殿が偉大な王が建てた最初のものだと思ってしまうし、またたった一つの宮殿だと思っていることも往々にしてある（読者諸賢はこの愚言をお許しくださるように）。だがそれではルーヴル、テュイルリー、サン＝ジェルマン＝アン＝レーそしてヴァンセンヌ、コレージュ・マザラン、パリ天文台、サン＝ドニとサン＝マルタン門、ルイ大王広場（現在のヴァンドーム広場）サルペトリエール病院を忘れている。さらにはパリのアンヴァリッド（廃兵院）という傑作も。

一六四三年、父王ルイ一三世がサン＝ジェルマン［以下、サン＝ジェルマン＝アン＝レーのことをさす］で崩御して、ルイは王となったが、宮廷の修理にとりかかるにも、新しく建設するにもあまりに幼すぎた。しかも彼の治世の最初の数年はフロンドの乱（一六四八―五二年）で動揺した時期であり、王家は王国のなかでたえず移動することを強いられた。建設計画を立てるようなときではなかった。フロンドの乱がおさまると、若い王は、ふたたびパリに戻る。一六五二年一〇月二一日に首都入りし、フランス国王の伝統的な宮殿であるルーヴルにおちついた。

一六四三年以来住むものがなかった新しい住居の、打ちすてられた状態と未完成ぶりは、ルイを驚かせた。クール・カレ（方形の中庭）はルイ一三世の死によってその拡張工事が急に中断されたため、完成したとはいえるのはまだ西側だけだった。[1] セーヌ川に面した翼棟［南側］は未完成で、中世の塔にぶつかってしまっていた一方で、北の翼棟は工事をはじめたばかりだった。東の翼棟は、プティ＝ブルボンの大劇場のようなさまざまな大建築がサン＝ジェルマン＝ロクセロワ教会と切り離していたが、シャルル五世が一四世紀に放棄した状態のままだった。ルーヴル宮とテュイルリー宮とのあいだにあるスペースは質素な家々、個人の邸宅、さらにあばら家や庭や道で雑然としていた。

要するに、未完成の王宮は配置が悪く、居心地が悪く、たいした飾りもなく、宮廷人が暮らすのに十分な場所もなかった。そこで、ルーヴルを新しい治世にふさわしいものにするため必要な最初の工事がはじめられた。母后アンヌ・ドートリッシュのためには、南の翼棟の一階を改装して冬のアパルトマンを（一六五三―五五年）、そしてもう一つ、セーヌ川と垂直の方向の小《プティット》ギャラリーの一階に、夏のアパルトマンをしつらえさせた（一六五五年）［アパルトマンとは同じ建物のなかのいくつかの部屋で構成される居住区画をさす］。

ルイ一四世は、かつて父も祖父も使っていた、クール・カレの南西のすみ、王の棟の主要階［二階］に、かなり窮屈な思いで住んでいたが、一六五四年になるとすぐ、自分のアパルトマンに二部屋を増設させて、そのうちのグラン・キャビネ［キャビネは執務室、収集品を置く部屋、付属の小部屋などをさす］で接見を行なったり、大使たちを迎えたりした。一六五六年になると、建築家ル・ヴォーは、王のアパルトマンに続いて、時計のパビリオンのなかにある礼拝堂の改築を命じられる［パビリオンは建物の一部が四角く出っぱりそれ自体がひとつの建物のように見えるもの］。

これに隣にあるテュイルリー宮における、すぐれた舞台装置をそなえているため「機械の」といわれた劇場の建設（一六六〇年）とルーヴル宮で計画された重要な工事をくわえ、王の棟と王妃の棟の建設（一六五四―五八年）で姿を変えたヴァンセンヌ城にも目をやるなら、一六六〇年代の前半までは、若い君主がパリでの工事を優先させていたことを認めなければならない。[2]

ヴェルサイユの美化［または美装。アンベリスマン。建物や都市を美しくすること］は、ルイが三月のマザランの死後、親政をとりはじめた最初の年、一六六一年末にはじまったが、たいした変化は起こらなかった。ヴェルサイユの工事は小規模にとどまっていて、改装といってもほとんど拡張がなかったので、ルイ一三世の狩の館の構造はあまり変わらないまま、外見はより魅力的になったとはいえ、やっと「貧弱な城館」になったという程度だった。工事の多くは、むしろ庭園にかんするもので、ヴェルサイユがまだ田舎の逗留地にすぎなかったことが確認できる。それに比べてテュイルリー宮やルーヴル宮では多くの建築家、石工、装飾家が仕事をしていた。投入された費用を見てもパリでの建設の活気がわかる。一六六四年、そこでは一〇〇万リーヴル以上がついやされたのに比べて、ヴェルサイユでは八五万リーヴルだけである。一六六八年まで、優先権はパリの王宮のほうにあった。

そのようなわけで、新しく国王付建設局長官となったコルベールは、ルーヴル宮の完成を強く望んでいた。王宮の正面玄関である東の翼棟についていくつかのプランが作られた。イタリアの建築家たちの意見も求めたが、そのなかでもベルリーニは、問題の建物を視察するためにフランスへやってきた。しかし納得のいく案を提示するにはいたらなかった。そこで一六六七年春、コルベールはル・ヴォー、ル・ブラン、クロード・ペローでなる小規模の建設顧問会議を立ち上げ、正面玄関のファサードの設計と建設の任にあてることにする。有名なコロネード（列柱廊）の工事がはじまった。

この頃ルイはサン＝ジェルマン宮に住んでいたが、冬季はテュイルリー宮によく足を運んだ。ルーヴルと同様、この王宮もアンリ四世が残したままの未完成状態にあった。ル・ノートルが庭園を手なおしているあいだ、コルベールはどうしても必要な改修工事に着手し、中庭のなかで邪魔になっていた建物をとり壊して、新しい翼棟を一棟、さらに一棟、そしてフロールのパビリオンと対をなすマルサンのパビリオンの建設を命じた。住居に必要な場所を得るため、内部の配置も変えられた。一六六七年には、こうした改装がかなり進んで、王が住めるまでになった。だが、王がそこにとどまる期間はかなり短く、冬の二か月を超えることはなかった。ヴェルサイユへ逃げ出すのが容易な、サン＝ジェルマンのほうにいることが多かったからだ。

一六六六年から一六七三年まで、さらにはまだ一六七六年にも、サン＝ジェルマンは君主の主要な住まいであり、王はその建設工事をさせた。建築家のル・ヴォーとフランソワ・ドルベ、画家のル・ブランが豪華な王の小アパルトマンを造り、ルイの寵姫モンテスパン夫人も愛人である王と同じくらいぜいたくな装飾をほどこした居室をあたえられていた。膨張しつづける宮廷を迎え入れるために、この宮殿を全面的に改装することも考えられた。森が近いことも狩猟好きの王の気に入り、つきることのない噴水の水のたわむれも彼を喜ばせた。セーヌ川を見下ろす丘、というロケーションも高貴な住まいにふさわしい見事な眺望を提供していた。サン＝ジェルマンが王とその宮廷を引き止めないことになるなどと、だれが疑うことができただろうか?

ルイはこの頃まで、ヴァンセンヌやサン＝ジェルマンや先王たちのパリの住まいを重視していた。これらの城館にもたらされた改造に比べれば、ヴェルサイユは将来の発展を約束されていなかったようだ。そのことは年譜が証明している。ヴェルサイユは彼の統治における最初の建築工事どころではなかった。

原注

1　南にアンリ二世の時代のピエール・レスコの翼棟、中央に時計のパビリオン（ジャック・ルメルシエによる、一六三九年）とレスコの棟と左右対称をなすよう増築された北の半分によって構成された。［全体で西棟をなす］

2　クール・カレの北の翼棟と南の翼棟の完成、一六六一年二月に火災にあった小ギャラリーの修復と増築、二階のル・ブランによるアポロンのギャラリーの装飾。

2　ヴェルサイユはルイ一四世のフーケに対する嫉妬から生まれた

「フーケの城館を訪れたときルイ一四世の心に芽生えた、ヴォーの城を凌駕するような王宮と庭園を造ろうというアイディアが実を結びはじめていた」

アレクサンドル・デュマ［一八〇二―七二、『三銃士』などの著者］

われわれ同時代人の多くは、ルイ一四世が親政を開始した一六六一年に早くも、嫉妬が最初の決心をもたらした、と思っている。嫉妬の対象となったといわれているのは、財務卿ニコラ・フーケ［一六一五―八〇、当時あらゆる方面で権勢を誇っていた］だった。ポール・モラン［一八八八―一九七六、フランスの作家、外交官］の『フーケ、あるいはおおわれた太陽』を読んだ早計な読者は、こう思ってしまうだろう。ルイ一四世は、嫉妬のためフーケを破滅させようと決めた。美を集結させたヴォー・ル・ヴィコントにある財務卿の居城は、宮廷の婦人がたをその魅力で感動させ、芸術家や詩人はこぞってその庇護《メセナ》をたたえた。一六六一年八月一七日にそこで王のために催されたすばらしい祝宴は、たいへんな評判をよび、同時代の作家であるラファイエット夫人に「いままででもっとも完璧な」と言わせたほどだったが、若い王の怒りをかきたて、「輝かしく、栄光に満ち、人々に賞賛されていた」大臣の失墜を早めることしかなかった。さらに財務卿の壮麗な城に対する嫉妬は、ルイをしてヴォーに匹敵する、いやそれを凌駕する王宮をヴェルサイユに造る気にさせたのだ、と。

八月一七日の祝宴は多くの人々に、フーケの失脚の決定的な瞬間だと思われている。ヴォルテールも、この記念すべき日の後の突然の失脚を信じていて、こう書いている。「八月一七日の夕方六時、フーケはフランスの王者だったが、夜中の二時にはもはや何者でもなかった」。歴史の教科書は、彼にならった。歴史家エルネスト・ラヴィスは、その祝宴が王には美しすぎたのだ、と評価している。「それを眺め、ほほえみながら、感謝の言葉を述べながらも、王がわが身をふりかえって、自分の城館のみすぼらしさを思ったことは容易に想像できる」

今日そうではなかったことがわかっている。ルイはフーケの失脚を、これに先立つ五月四日から決めていた。その月の終わりか六月初め、彼を逮捕させる決心さえしていた。宮廷の目にはいきなりに見えたかもしれないが、このような国務大臣で、財務卿でもある人物の地位を剥奪するには、実際は何か月も前からの準備を必要とした。スペインとの戦争が終わった一六五九年、王国の財政を立てなおす必要が明らかになっていた。重い負債をかかえているうえに、金貸しや徴税請負人《フィナンシエ》や年金受給者のほしいままにあたえられていたのだ。彼らは不当に利益を得、さらに金のない国家の苦境を食いものにしつづけていた。

ところで、財政にかんして、そして債権者との関係において、フーケは経営学の規則をいつも守っていたわけではなかった。ときには王の財産にたかるヒルの仲間ともみられていた。コルベールは一六五九年秋にはすでにそのことを、宰相であるマザラン枢機卿に警告していた。枢機卿の死後、財務監督官に昇進したコルベールは王に同じ告発を続けた。すでにフーケを信頼していなかった王は、彼が悪習を断つという約束を守らないことにいらだち、敵視するようになっていた。不満をくりかえし述べながら、ルイ一四世が書きとめている。「もっと賢くなるどころか、より抜け目なくなっただけだ」

しかしながら王は少しも急がず、獲物の警戒心を眠らせておいたので、フーケはなにも疑わずに、宰相に昇進することを夢見ながら、問題の八月一七日、思い上がった豪華さをもって王と宮廷を迎えたのだった。続く九月五日にフーケは逮捕され、翌年の三月、裁判がはじまった。したがってヴォーの祝宴は彼の失脚の直接の原因ではなかった。財務卿の失脚を嫉妬のせいだけにするのは単純すぎる。だが、この浮かれた祝祭が彼と新国王をへだてる溝を深くしたのは確かだろう。

では、このような感情がヴェルサイユ誕生に間接的に影響をあたえただろうか？　芸術の庇護《メセナ》はルイ一四世の縄張りになろうとしていたのだから、人はそれを信じる。まだスペインと戦争中だったフランスにおいて、財務卿が一六五六年から、その時期でもっとも豪奢な城を自分のために建てさせたのだ。建築家ル・ヴォー、造園家ル・ノートル、画家ル・ブランに。それぞれが仕事をして作り出し

たのは…。ラ・フォンテーヌによれば、

（略）すばらしい宮殿［だった］
ほかの場所の美しさにもきっとわたしは魅了されただろう、
もしヴォーの城がこの世になかったなら。

ル・ノートルはそこで造園技術の革命を起こし、ル・ブランはぜいたくな装飾をほどこし、ル・ヴォーはレンガが一般的だった時代に、石で、どこにもないような革新的な建物を造った。だれからも賞賛される大成功だった。王家にはヴォー城館の豪華さにたちうちできる館が一つとしてなかった。ルイ一四世は、一六五九年六月にまだ未完だった城に招待されたときからそれを理解していた。そして、フーケが一六六一年八月一七日に催した祝宴ではそれを確認した。しかもその夜の忘れがたい余興のみごとさは、王の感情を害するものだった。そこではモリエールが、大急ぎで書いた『うるさがた』を上演し、バレエの巨匠ボーシャン、音楽家リュリ、花火の名人トレリ、名声を約束された料理人ヴァテルがいた。ルイは内心、この「厚かましくて無礼な」豪華さを悔しく、さらには腹立たしく思った。

このような祝宴を催す権限は王にだけ属している。貴族に気晴らしを提供するのは王の権利なのだ。そして王権を回復しようとする人々はみな、ライバルの宮廷を壊すものである。リシュリューは世紀初頭にモンモランシー公アンリ二世の見事なメセナを消滅させたのではなかったか？［モンモランシー公は、王弟ガストン・ドルレアンと組んでリシュリューに対する反乱を起こし、大逆罪で死刑に処された」ほかの理由でフーケを断罪する方向へ向かっていたルイ一四世は、大枢機卿にならうことにした。

嫉妬は不適切な助言者である。しかし一六六一年、それは実り多い対抗意識をひき起こした。フランス王は自分の大臣のしたことを超えなければならない。前任者から引き継いだ宮殿は、金のかかる改装をしてもヴォーに張りあうまでになれるだろうか？　コルベールはルーヴル宮に、王のなかの王の真の居城を見ていた。だが、どの城にもニコラ・フーケの城のような個性がなかった。ルイ一四世がヴェルサイユの工事をはじめたのが、気まぐれと理性と、ほんとうはどちらだったのかはだれにもわからない。

とはいえ工事開始の日にちは示唆的である。一六六一年九月にフーケが逮捕されると、宮殿での土木工事業者や石工の仕事が活発に動きはじめたのだ。狩猟好きの王が、父王の住居のほうへと引きよせられたことをつけくわえても、まちがってはいないだろう。また王の色好みの性向もその選択と無縁ではない。若い王は、王妃に対する不義を隠すのにも、自分だけの住まいが都合がいいと考えた。「愛の御代」の先駆けとなるルイーズ・ド・ラ・ヴァリエールがそこにともなわれた。ヴェルサイユはこうして王の独身男性用アパルトマンとなった。

だが、財務卿の失脚後にヴェルサイユのために集められた職人たちに、王はいかなる裏切りも強要していない。あまりに忘れられていることだが、彼らはそれぞれがすでに国王の城で仕事をしていたのだ。たとえばルイ・ル・ヴォーは一六五四年からヴァンセンヌ城にいたし、パリにコレージュ・デ・

キャトル・ナシオン（現在のフランス学士院）を建て、ルーヴル宮での仕事もし、やがてテュイルリー宮の工事も手がけることになる。五〇歳になるル・ノートルは、ルイ一三世の弟のガストン・ドルレアンにも仕えたことがあり、父のあとを継いだテュイルリー宮で一六五八年から庭園総管理人の称号をもっていた。一六四八年に絵画のロイヤル・アカデミーを創設したル・ブランについては、おそらく一六五八年より前に王の首席画家となっていて、一六六〇年八月の王夫妻のパリへの荘厳な入場のため、ドーフィーヌ広場の凱旋門の建設の任にもあたった。そして依頼を受けてフォンテヌブローの王のもとで、彼の名声を高めた「アレクサンドロスにひざまずくペルシアの王女たち」の絵画を制作している。

たしかに王はヴォーからオレンジの木や多くの低木を買いとって、ヴェルサイユのオランジュリー［オレンジの木などを寒さから守る温室のような建物］や苗床へ移した。一六六五年から一六六六年に売りに出された、フーケが収集したタペストリーや家具の一部も王が買いとっている。また、宮廷の中庭を舗装するためにヴォーの城館から大理石の石畳を手に入れ、ヴェルサイユでも「大理石の内庭」とよんで、元財務卿の家族に報いた。こうしたゆずり受けは、王のメセナの目覚めの現れであるといえる。王にしてみれば、元大臣の城はその主人より生きのびてはいけないし、以後、それを造った人々と同様その遺産は王に奉仕しなければならないのだ。

3 宮廷はルイ一四世の即位後すぐにヴェルサイユへ移った

「そしてこの王家に特別だったのは、王がそれぞれのあたえられたアパルトマンにすべて必要なものがそなわるようにと望んだことだ。全員に食事を供することもしたが。（中略）そのようなことはかつて王の住居で実施されたことがなかった」

コルベール、一六六三年

「王はどうしてもそこに住みたがっている。何人たりともそこを離れるようには言出せない、王は自分の作品として愛しているからだ」

プリミ・ヴィスコンティ［ルイ一四世と同時代のイタリアの貴族、作家。一六七三年から約一〇年ヴェルサイユに滞在して回想録を残した］

フランドル地方やフランシュ＝コンテの獲得を楽しんだ若い王は、「人間嫌い」や「守銭奴」に拍手喝采し、「訴訟狂」や「町人貴族」を観て笑い、宮廷人たちの前で「豪勢な恋人たち」のバレエを踊り［「訴訟狂」はラシーヌ作の喜劇、その他はモリエール作の戯曲あるいはコメディ＝バレエ］、ルイ一四世の家族を寓意的な手法で描く画家ニコレの前でポーズをとってはいたが、まだヴェルサイユを常住の住居と決めたわけではなかった。いかに輝かしくあろうとも、統治の最初の数年は、その枠組みとなる宮殿をもたなかった。年代記がはっきりと語っている。太陽王の宮廷が決定的にヴェルサイユにおちついたのは、やっと一六八二年になってからだった。すでに孫が生まれているルイがその統治の後半をはじめたときだった。

ヴェルサイユが長く王の住まいとなっていたことに気をとられて、われわれは親政がはじまった一六六一年から八二年の二〇年間にもわたって、ルイ一四世とその宮廷が宮殿から宮殿へとたえず移動していたことを忘れている。移動を好み、狩猟が好きだったからだけでなく、ルーヴルやテュイルリーやヴァンセンヌあるいはサン＝ジェルマンで改装工事がはじまっていたので、そうせざるをえなかったのだ。そのため王の住まいは宮廷の仮の避難所となって、工事が日常生活に支障をきたすとき、宮廷は音や瓦礫や塗料の強い臭いから離れた静かな住まいを求めて移動した。一六六二年から六五年にかけては、とくにパリに、続く八年はサン＝ジェルマンへの滞在が多かった。そして一六七四年と七五年はヴェルサイユ、サン＝ジェルマンには一六七六年、ヴェルサイユに一六七七年、それからまた一六七八年から八二年にはふたたびサン＝ジェルマンに戻った。このようにいえば簡単なようだが、この年号も誤解をまねく。すくなくともその年はじっとしていたのではないかと思わせるが、実際は少しもおちつくことがなかったのだ。ほとんど毎年のように、宮殿から宮殿への移動にくわえ、地方の国境地帯への視察旅行と軍事遠征があり、そのあいだは「宮廷全部が王の後をついて歩く」といわれたものだ。

ヴェルサイユはまだ王の住まいではなく、田舎の逗留地でしかなかった。親政をはじめてからすぐにルイ一四世が発注した工事は、宮殿についてではなく、庭園にかんしたものだった。植物の成長する時間を考慮しなければならなかったから？　ル・ノートルが仕事にあたった。彼はルイ一三世から引き継がれた設計の軸を伸ばして、花壇や池を造り、のちに余興の小舟を浮かべるようになる大運河の掘削を開始し（一六六七年）、迷路園《ラビリンス》（一六六六年）や、最初のボスケ（木立）や小動物園（一六六六―一六四年）を造った。宮殿の近くには、一六六四年から、散歩と気晴らしのためのあずまや、露天の貯水池でありニンフのほこらでもあるテティスのグロット［洞窟風の内装がほどこされた建物］が建てられる一方で、フィレンツェの揚水設備の専門家フランチーニ一族が大噴水で王を喜ばせた。宮殿から半リュー［二キロメートル弱］の場所には、夢のような装飾をほどこした新しい建物、磁器のトリアノンが建設されたが（一六七〇年）、小規模で、そこが住むための館ではなく息ぬきの場所、散歩のための日中の休憩所であることがよくわかる。

数人の側近と召使いだけの少人数が、王の短いがひんぱんな滞在につきそった。「王は、週に一回か二回は非常に少人数のお付きとともにそこを訪れ、昼のひとときをすごした」とサン＝シモンが書きとめている。親しいものだけのこの特別な散策は、王の従姉にあたるグランド・マドモワゼルことアンヌ・マリー・ルイーズ・ドルレアンを大喜びさせている。「わたしたちはよくヴェルサイユへ行くのですが、王の命令がなければだれもついていけないのです。このような栄誉になんとかあずかれないものかと、宮廷ではみな気をもんだものです」。ごくわずかな運のよい者たちが君主に招待されているあいだ、宮廷人の多くはサン＝ジェルマンでじっと待つのだった。だからヴェルサイユは恩寵のようなものだった。

個人的なこの住まいを自慢に思った王は、客人たちの望みをかなえてやろうと思い立つ。城のなかは狭いから立派なレセプションを催すのはむりだろうか。それなら戸外ですればいい。ル・ノートルが造った庭園は、何百人もの招待客を迎え入れることができるだろう。そこで「魔法の島の歓楽」と名づけられた最初の祝宴が、一六六四年五月七、八、九日の三日間を中心に、さらに一四日まで延長されて、夢のような余興を提供した。六〇〇人が招かれて、数かぎりない松明に照らされた行列や馬上槍試合を見物し、モリエールの演劇やリュリの音楽に喝采を送り、軽食を分かちあい、のちにアポロンの泉水となる円い池の上に、花火が照らし出し、輝かせる「アルシーヌの宮殿」［「アルシーヌの宮殿」は祝宴三日目に上演されたリュリによるバレエ劇の題名］に見とれた。

四年後、ネーデルラント継承戦争が終わってアーヘンの和約（エクス＝ラ＝シャペル条約）が結ばれると、王は宮廷人たちに、フランシュ＝コンテへの遠征で奪われていた、カーニバルの楽しみを戻してやりたいと思った。「魔法の島の歓楽」と違って、「大いなる気晴らし」の祝宴は、一六六八年七月一八日の一夜で行なわれた。しかし一六六四年のときと同様、軽食、バレエ、夜食、演劇、花火、舞踏会が行なわれたのは庭園においてであり、大理石と斑岩を模した植物と樹木による建物のなかだった。城館のひかえめな規模では、王の客を泊めることができない。したがって、空が白みはじめると、王と宮廷はサン＝ジェルマンへと戻ったのだ。ヴェルサイユはまだ飾りでしかなかった。だが、このように祝宴が成功すると、王はこの「魔法の王宮」をもっとひんぱんに訪れたくなるのだった。ヴェルサイユは拡張されなければならなかった。

王は建物を何棟か増やす決心をした。建築家ル・ヴォーによって、ルイ一三世の建物は石造りの三つの翼棟でなる新城館で包囲される。一棟は西側で既存の建物によりそうようにそれより長く、ほかの二棟は北側と南側を囲み、王のアパルトマンと王妃のアパルトマンは新城館へ移された。前庭には、国務卿四人の執務室にあてられた大きな四棟のパビリオンが配された。これらの建物は、まだ恒常的に居をかまえたわけではないにしろ、この城にひんぱんに来ることにした印である。

一六七三年晩秋には、王は改造した城に数週間住むことができた。ヴェルサイユはもはやたんなる逗留地ではなかったが、それでもまだ定住の場所ではなく、王はあいかわらずサン＝ジェルマンに滞在することが多かったし、もっと遠いフォンテヌブローを完全に見放すこともなく、さらにはあまり居心地のよくないシャンボール城へも出かけた。こうしてまだ宮廷はたえず移動していたが、何人かの大貴族は、王の歓心をかおうと、王宮に面して邸宅を建てた。裕福な宮廷人たちに便利な仮の住まいだった。ルイは、建設を望む者にはだれでも土地を無償であたえたり、村の全住民に、王が滞在するときは廷臣たちに対して「宿泊場提供義務」があったのを、一〇年間免除したりして、それを奨励した。ヴェルサイユはしたがってこの頃は、短期滞在の場所と考えられていた。

一六七四年の夏のあいだに、スペイン領だったフランシュ＝コンテのグレ要塞とブザンソンでの攻囲戦の勝利を盛大に祝うため、新たな祝宴が催されたが、まだ田園風だった。以前と同様、余興は整備されてまもない庭園で行なわれた。ボスケや並木道で、軽食や夜食、演劇、オペラが提供され、大運河でのナイトクルーズ、イリュミネーションや花火が客たちの目を奪った。だが、はじめて城館自体も庭園を引き継いで、リュリの悲劇オペラ「アルセスト」が上演されたのは、大理石の中庭にしつらえられた舞台の上であったし、夜食の一部が完成したばかりの大アパルトマンでふるまわれた。

ヴェルサイユを宮廷の居所とする考えが、王の心のなかで徐々に熟した。その決意は一六七七年、公にされた。王によって注意深く選ばれた宮廷人だけではなく、宮廷全体を迎え入れ、国の機関のほとんどを置くことになったヴェルサイユは、変貌し膨張する。一六八二年五月六日、王はサン＝クルー宮（王弟の居城）を後にして、「前々から願っておられたように、まだ石工が大勢仕事をしてはいたが、ヴェルサイユに居を定められた」とスーシュ侯爵が証言している。王とともに宮廷は最終的にヴェルサイユにおちついた。ルイ一四世の親政がはじまってから二一年がたっていた。

4
ルイ一四世は子としての情から
ルイ一三世のヴェルサイユを保存した

「王は故父王の思い出に対する敬意から、父が建てさせたものをなにもとり壊すことがなかった」

アンドレ・フェリビアン［一六一九―九五、建築家、美術史家］

「だが息子（ルイ一四世）は、父親が統治を少し休んで、そこでだけ人生の楽しみの時間を見つけた場所に敬意をいだいていたので、全体の構成をそこなうとしても、カードで組み立てたような壊れやすい城が大理石の王宮のなかに保存されるように命じた」

アレクサンドル・デュマ

王の尊厳の自覚と宗教的敬虔さをのぞいて、ルイ一四世は父に少しも似ていなかった。ルイ一三世は支出をおしみ、見せびらかしを嫌って、建築に意欲的でなかった。隠居と孤独を喜び、活発な社交を軽蔑し、おおげさな儀式をむだだと考えていた。身もちがよく、女性との同伴には怖気づいた。気難しくて怒りっぽいことが多く、口数も少なくて生まれつき鬱々とした君主に、楽しい気晴らしにかんして何を期待できただろう？ ブルボン家に共通の狩猟が、彼の情熱だった。王としての職務の暇を盗んで、狩猟に出かけた。ルーヴル宮あるいはサン＝ジェルマン宮に住み、イル＝ド＝フランスの森や野原をかけめぐってあきることがなかった。獲物を追って遠方へ行ったとき、粗末な宿や「藁の上」に寝るのにはうんざりしたため、一六二三年九月、ヴェルサイユの村の風車のある丘の上に、小さな狩猟のための家を建てることにしたのだ。

ニコラ・ユオという名のパリの石工が、このつつましい建築工事を指揮した。荒塗りの石材でできた、主屋と、それと直角をなす二棟の翼で構成される建物は、二五メートル四方を超えなかった。これが囲んでいるのが、現在の大理石の内庭である。ささやかな王の住居は、嘲笑の的となり、これほど貧弱な城を自慢する貴族などいないだろうといわれた。だが浪費傾向のないルイはこれで満足だった。狩猟のグループにとって便利な宿泊所として、その簡素な住居は数人の狩猟仲間だけしか受け入れず、女性は禁止されていた。王妃を迎え入れるようなことは、まったく考えられていなかった。あるとき天然痘がはやって、サン＝ジェルマンにいては危険になったときも、ルイ一三世は王妃や宮廷の婦人たちを自分の小さな城に受け入れるのをこばんだ。困惑した王は、リシュリューにこう書いている。「正直にいって、王妃がヴェルサイユに泊まることは可能だろう（中略）しかし、大勢の女性が来たのではなにもかもだいなしになりそうだ」

とはいえ、王のこの家屋に対する関心が増して、領地を二倍に広げ、当時は土地に沿った斜面だった庭園に並木道や低灌木の花壇や泉水を造った。狩猟小屋は小さな城に姿を変える。以後、建築家フィリベール・ル・ロワの指揮のもと、四年にわたって拡張工事が続いた（一六三一―三四年）。ファサードは、荒削りの石とレンガの仕上げ面でき、屋根のスレートがさらに色をそえた。だが、その頃、レンガと石の組みあわせは時代遅れとなりはじめていて、パリの威信ある建物、ルーヴル宮、テュイルリー宮、リュクサンブール宮はみな石造りだった。建材にかんして、ルイ一三世は時代に合わないことなど気にしなかった。この城館の隠れ家的なところが気に入っていた王は、あいかわらず王妃アンヌ・ドートリッシュのためのアパルトマンのことは考えていなかった。拡張されたとはいえ、ヴェルサイユは避難所でありつづけるべきだった。選んだ友人たちに囲まれた自分だけの領域であって、王妃をとりまく貴婦人の群れには解放すべきではない。

このルイ一三世の「カードの城」――サン＝シモンは、著書のなかでヴェルサイユについてこんな謎めいた言いまわしをしている――を、前時代的なものと近代的なものを混ぜあわせるという、建築技術に対する真の挑戦までして、ルイ一四世の巨大な王宮の中心部に見える形で残したことを、世評は太陽王の、子としての情によるものとした。

未来のルイ一四世がヴェルサイユをはじめて訪れたのは、一六四一年の一〇月にさかのぼる。サン＝ジェルマンで猛威をふるっていた疫病を避けるため、王子たちはここへ送りこまれたのだった。のちに、一二歳からは、すでに王となっていたルイは、ほとんど毎年ここで狩猟を行なった。城はルイ一三世とってと同様、便利ではあった。だが、一六六一年の年末――三月にマザランが死亡し、九月にフーケが逮捕された――色ごとを好む二三歳の若い君主は、ヴェルサイユに前君主が知らなかった役割をつけくわえた。城は、王妃マリー・テレーズに対する不貞を隠すのに格好の場所となったのだ。ヴェルサイユは、父も息子も同じように狩猟の休憩所として惹きつけたが、ルイ一四世はその快楽において父王の模範にならわなかったことを認めよう。

当時城の建築はほとんど変化がなく、外側の見かけだけが、初期の飾り気のなさを目立たなくしたくらいだった。だが、住居は以後、女性にも解放された。女性には熱心なルイ一四世は、彼女たちに同伴を求めた。エレガンスと洗練に情熱を燃やす王は、その住居の家具があまりに貧弱だと判断し、新しい室内装飾を命じた。こうしてまちがいなく、ヴェルサイユはルイ一三世のときよりずっと感じよくはなったが、小さな城であることは変わりなく、まだ革新的なところはあまりなかった。もし一六六六年の状態のままであったなら、楽しみのための魅力的な住居、庭園で祝宴が催せるような、若い王の気まぐれ、軽い遊びであってそれ以上のものではないとみなされただろう。

しかしながら王は、田舎の逗留地を、もっと大勢の招待客を迎えることができるような、本格的な住居にして、数日の滞在中もそこで諮問会議が開けるようにしたいと考えた。ヴェルサイユはもっと大きくなければならなかった。

床面積や高さの拡張は、ルイ一三世の小城館を保存することを前提としていた。それを解体して新しく建てなおすほうがよかったのではないだろうか？　保存するか、壊すか、選択は王しだいだった。その問題がどれだけ王のおもな諮問機関や王に近い宮廷人たちの気をもませたか想像できる。王の決断を察することは、王にとりいるチャンスだった。同時代人たちの回想記は、ルイ一四世の逡巡を証言している。コルベールは、王がこの小城館の解体を公然と命令したと言っている。著述家で建物の管理をまかされていたシャルル・ペローは、反対のことを言っている。王は父の家がなくなることに同意したがらなかった。大部分が崩壊しそうになっていることを指摘してもむだで、彼は必要なところだけを建てなおすことを求めた。そしてあらゆるいつわりの言説をくじくように、「解体してもよいだろう。（中略）しかしすべてを元あったように、そしてなにも変えずに建てなおさなければならない」と言いきった。

遺産帰属戦争とよばれた短い戦争［フランドル戦争］を終結させたアーヘンの和約調印後の一六六八年五月に、工事へ向けての活動がはじまった。一〇月、ルイ一三世の小城館を囲む新しい城館の建築工事が着工される。庭園側の、小城館の西、北、南の三方に壁を建設して、小城館はおおわれる形で保存されることになった。ところが八か月後の一六六九年六月、壁が六・五〇メートルになったところで、工事は中断された。それ以上前に進まなくなった。王は父の城もふくめて全部のとり壊しを命じ、一から建てることに決めた。建築家たちのコンペが開かれ、ル・ヴォーのプランが採用された。新王宮はもっとも広い王宮に比肩しうるものとなるだろう。とり壊された城の跡地は、客を迎える正面の前庭となるはずだった。

同じ一六六九年の秋、また新たな方向転換が急に生じた。完全に新しい建物を建てるために小城館をとり壊す計画は放棄された。それを「包囲する」というアイディアに、つまりルイ一三世の住まいの尊重に戻った。ルイ一四世はふたたび意見を変えたのだった。

当時からずっと、人々はこの選択の理由を知ろうとしてきた。もっとも一般的にあげられる理由は、家族の伝統の重みを感じとって、古い城を壊さなかったのは、若い王の父親に対する敬意で説明できるだろう、というものである。だが一六三八年生まれのルイが、一六四三年五月に崩御した父王を知っていたといっても、五歳になるまでのことだ。子どもだった彼が親に対する情感を育んだのは、母であるアンヌ・ドートリッシュの愛による。若い王は、摂政となっていた母親に対して、情愛深く、忠実で、感謝に満ち、思いやりのある息子であり、その好みを受け継いでいた。父の思い出は早くに消えて、逆に代父であり、一種「父親がわり」として王の使命を教えてくれた枢機卿マザランが示した愛情によって、ぼんやりしたものとなり、さらには入れ替わってしまった。くわえてヴェネツィア大使が書き残しているように、ルイ一三世が息子に引き継がせたのが、小さな狩猟小屋、「気晴らしのための小さな家《ピッコラカーサペルリクレアツィオーネ》」だけだったというのは、奇妙な話である。

それでも息子の父の城に対する忠実さを重視したいというなら、ルイ一四世が一六六九年六月以前に（すくなくとも紙の上で）すでに生前から時代遅れとなっていた先王の愛した家を、一度は躊躇なくさっさと抹消したことを指摘しよう。一六六九年十月に方向転換し、旧城を残して包囲することにしたのは、後悔からだろうか？　それは疑わしい。石とレンガでできた、父王の流儀に合わせた建物をとり壊して一から立てなおすことは、非常に金のかかることだったようだ。したがって、全部を再建する費用の見積もりが、ルイ一四世の最終決断におそらくは影響している。「貧弱な城」を保存したのは、父の遺したものへの愛着の証というより財政上の計算の結果だった。

5　ヴェルサイユは巨大な住まいになるはずではなかった

「この場所に大きな施設を作るのは不可能だ」

コルベール

同時代人たちはみな同じ意見だった。ヴェルサイユの敷地は大きな城館を建てるのに適さない。ルイ一三世が狩猟小屋を建てた小さな丘は、ギャリー川にうがたれてへこんだ部分にあって、丘陵に囲まれているため、「城は窪地にあるように見える」と建築家ジャン＝フランソワ・ブロンデルがはっきりと言っている。コルベールがさらに言う。「(丘の斜面は) 勾配がきつくて、敷地を広げたり、大きくとろうとすればなにもかもひっくり返らずにはいないだろうし、とてつもなく金がかかるだろう」。低い部分は沼地で、地層にふくまれる泥炭岩《マール》と粘土が「緑色で、ぬかるんだ泥水をふくんでいて、不衛生で気になる湿気と、さらに悪いことには、ひどい臭いを発散している」とサン＝シモンも書いている。

ヴェルサイユはサン＝ジェルマン＝アン＝レーに比べるべくもなかった。これは多くの人々が認めていたことだ。その頃ルイ一四世の未来の城館の敷地は、サン＝シモンが強調するように「眺望も木も水も土地もなく、あるのは動く砂と沼だけ」だったからだ。

ルイ一三世の質素な建築物は、風車のあった丘に建てられ、村からもゴンディ家が所有する荒れはてた屋敷からも孤立していた。でこぼこで狭苦しく、低いところでいくつもの沼――クラニーの沼や「臭い沼」（これはのちにスイス衛兵の泉水となった）――に囲まれたこの丘には、西風が吹きつけた。かつてここに建っていた風車小屋のことをたずねたルイ一四世に、ある寒がりの廷臣が答えて言った。「まことに陛下、風車はなくなりましたが、風は残っております」

狭くて、傾斜地でよどんだ水に囲まれた敷地の隣には、村と教会があった。ヴェルサイユには未来がなかった。ルイ一三世の住居を大きく拡張する計画は、狂気の沙汰だった。大々的な「土の移動」に先立つ途方もない整地を実行しないかぎりは。

建築家のルイ・ル・ヴォーとジュール・アルドゥアン＝マンサール、造園家のル・ノートルが、これに取り組んだ。ル・ノートルは花壇のためにもっと有利な見通しが欲しいと思っただろうか？　建物が丘の上にあることと、そのための高低差がやっかいな障害となっていた。石を組むか、土が滑らないように斜面に芝生を植えるかして、整地を実施しなければならなかった。

ヴェルサイユに宮廷を定住させる決意を表明したとき、その施設建造のための土地造成がさらに必要となった。自分の才能を見せたいとはやるマンサールは、できるだけの壮大な改造を望んだ。全体をさらに高くすることはむりなので、水面に——この水面も敷地としてはほんの少ししか使えないのだが——入り口に直角の軸上に、南と北の二棟の大型の翼棟を造った。「全部をひっくり返すことなく」それほど土地を広げることはできないだろう、と判断していたコルベールは、一六八三年の死去の前に、対になる北の翼棟の建設に先立って、南の翼棟が一六一メートルにわたって伸びるのを目にすることになった。

こうして、三〇年間ずっと、何百万平方メートルもの土が、東では、アルム広場から入り口までにいたる三つの前庭——〔閣僚の〕前庭、国王の前庭、代理石の内庭——を埋めるために、南では、拡大された城の規模に合わせて新しいオランジュリーを作るために、王太子の連隊の兵士たちの協力を得て、とりのぞかれ、運ばれ、広げられた。

庭園からルイ一五世の歌劇場から南の翼棟の端にまでの、五七〇メートルにわたる水平方向への展開を見れば、また町の側に目をやって、東から西へ、サン＝クルー、パリ、ソーの三本の道が収束する三叉路から代理石の内庭までの長い勾配を追えば、いかに王の意志と建築家たち、工事人たち、造園家たちが、最初の狭くて具合が悪くて拘束の多かった、「砂と不衛生な沼地でできている」敷地を忘れさせるのに成功しているかには、感嘆するしかない。この土地を「どの場所よりも惨めで不毛だ」と批判しつづけていたサン＝シモンは、「自然を暴君として制圧し、技術と財力で服従させることを好んだ」君主の作品に対して、いくらかの揶揄をもってではあっても、敬意を表さなければならなかった。

ルイ一四世の頭には、執務室の沈黙のなかで、あるいは最高の建築家たちとの打ちあわせのなかで、最初のつるはしが打ちこまれる前に、未来の宮殿の計画ができてはいなかっただろうか？　庭園側の威厳ある長いヴェルサイユのファサード［建物の正面の外壁］は、綿密に練られた建築的思考の結果のように見える。

だがそう考えるのはこれ以上ないほどまちがっている。きちんと決まったプランや宮殿全体のデザインどころか、その反対の試行錯誤、迷い、つけ足し、取消し、修正が続いた。

ヴェルサイユはたえず変転していた、つねに改造されながら、結局それが一時的なものでしかなく、より多くの追加宿泊施設の必要、あるいはこの建築の施主である国王の要請――気まぐれというべきか――に答えるため、ひっきりなしに変化させられていた。驚いているのか非難しているのか、同時代人たちはヴェルサイユを永遠の工事現場として描いているが、ある人々は「造っているのか壊しているのかわからない」と言い、またほかの人々は「一〇回変更されていない場所はない」と言っている。ヴェルサイユは計画的な設計の果実ではない。改造と変更ばかりの、たえまない変容だった。

父親の小さな城に最初のひかえめな改造をほどこしたとき、ルイは「建物を何棟か増やす決意をし」、一六六九年、[1]建築家ル・ヴォーに、古い城と新しい建物をつなぎあわせることを命じ、前者の上に直接、Uの字の形の有名な「包囲建築」をなす最初の三棟の翼をとりつけさせた。着工するとすぐに、だれもが新しいヴェルサイユが生まれようとしていることを理解した。

庭園側で、この「包囲建築」の配置は水平方向の線を重視した。主要階《ピアノ・ノビーレ》では、二棟のずっしりとした立方体の建物がテラスをはさみ、そのテラスの中央には噴水があって、王のアパルトマンから王妃のアパルトマンへは屋根のない通路で行き来ができたが、天候が悪いときは、この通行がさまたげられるので、階下にある建物内の廊下や狭い階段の迷路を使わねばならず、大勢の宮廷人たちによる混雑をひき起こしていた。さらに中央の噴水は、たえず下の廊下にもれ出して、何度修理しても止めることができなかった。

一六七七年に、ヴェルサイユに恒常的に宮廷を置くことが一度決まると、ほかの改造がぜひとも必要となって、それがル・ヴォーの仕事を消しさってしまう。一六七八年の夏には、マンサールが、二階にのちに鏡の間とよばれるようになる大ギャラリーをもつ、連続したファサードを作るため、中央のテラスをとりはらったのだ。ヴェルサイユはこうして、最初の工事では予想していなかった交通の主軸をそなえることとなった。

全体の高貴で壮大な印象にくわえて、ギャラリーのおかげで宮殿の住民たちは、快適に移動できるようになった。主屋の改造では新しい住居は増えなかったが、将来の宮廷人たちのために、北と南に伸びる二棟の翼――まだそこだけが残っていたスペース――がくわえられ、そこにアパルトマンが作られることになった。まず南の翼棟から着工された（一六七八―八二年）ため、北の翼棟が建てられる（一六八五―八九年）前の数年間、主屋は一六一メートルの翼を片方つけただけの不均衡な姿でいた。このような王宮の対称を欠いた姿は、批判の洪水をひき起こし、それは北の翼棟が地面から生えてくるまで続いた。

今後は、乗用馬も引き馬も、覆い付きの豪華な四輪馬車やふつうの馬車も非常に多くなると予想された。それらを収容し、王の陪食を許されている人々の食事を用意し、政府の機関を迎えるには、新しい建物がぜひとも必要となったが、前々から予定していなかったため、王の住居から遠い位置になってしまった。こうして大小の厩舎、大サービス棟、閣僚の翼棟が建造された。

宮殿の内部でも、熱狂的な「造ったり壊したり」が続いた。私的生活のための王のアパルトマンの配置換えと新しい場所の獲得が、その事情をよく語っている。

ル・ヴォーの「包囲建築」と庭園側のテラスがあった頃、王の大アパルトマンは国王の前庭の右手にある大階段［大使の階段］から入ることができ、そこから西に向かって進み、北西の角をまがって続く七部屋を占めていたが、前述した大ギャラリーとそれに隣接する戦争の間が作られたことで、構成と配置が変わった。大アパルトマンの西端の二部屋がなくなったかわりに、手前に二つのサロンを作る必要ができた。そのため大階段は、王の大アパルトマンの入り口に通じるのではなくその途中に接続することになって、威厳ある構成が乱れてしまった。

おそらく一六七九年になるとすぐ命じられた新たな改造は、一六八三年の王妃マリー・テレーズの死で加速し、代理石の内庭の周囲に位置するいくつかの部屋が、大アパルトマンとは別の、王の個人としての使用に割りあてられた。以後、宮殿の美しいシンメトリーは王の便宜のために破られた。これらの部屋の名称は、不正確かつ不確実だ。帳簿ではそれらを「小アパルトマン」あるいは「王の執務室《キャビネ》」または「王のアパルトマン」とよんでいる。[2]

大アパルトマンが代表行為にあてられる一方で、この「内側の」アパルトマンは古い小城館のなかの、内庭の南西の角のあたりにあって、衛兵の間と控えの間に続く王の寝室、それとならんだ「王の着替えの間」、閣議の間、別の角のところでさらに、かつらの部屋あるいはテルメ柱の部屋を構成していた。

ヴェルサイユ宮殿に定住するようになった後、ルイは第二の「内側のアパルトマン」を改造したが、今度は代理石の内庭の右側（北側）で、その部屋部屋には王の収集品が納められた。またしても、ヴェルサイユの美しい構成はそれによってくつがえされ、宮殿の統一性は決定的に危険にさらされた。王太子（故王妃のアパルトマンを使っていた）とマントノン夫人のアパルトマンをのぞいて、王の存在は主屋のなかのあちこちを占めていた。

一七〇一年にもまだ新しい補修が行なわれた。宮殿の中央軸線の位置にあった「王の着替えの間」が、王の盛儀用寝台の間に改造される一方で、以前の控えの間（バサンの間といわれていた）と一六八四年の寝室が合体して牛眼の間が生まれた。

こうしたくりかえし行なわれた工事は、「一〇回変えていない個所は一つもない」と言ったプランセス・パラティーヌ［ルイ一四世の弟、オルレアン公フィリップの二番目の妃で、エリザベート＝シャルロットのこと］の言葉を裏づける。プランセスは庭園のことも考えていただろうか？

ルイ一四世は庭園に目がなかった。ヴェルサイユの庭園のために、みずからガイドブックをしたためたほどだ。庭園をより美しくすることをやめなかった。宮殿が拡張するにしたがって、花壇もそれなりの規模が必要となり、好きな散歩や田舎風の気晴らしのため、ボスケ（木立）も増やすことになった。古代美術やその複製への趣味から、庭園には続々と新しい彫刻作品が置かれた。

磁器のトリアノンを大理石で建て替えたことや、北の翼棟を建設するためにテティスのグロットをとり壊したこともくわえれば、ヴェルサイユの建物が、内装が、庭園が、どれだけ変貌をやめなかったかわかるだろう。一六六〇年代には工事の方向を決めるような、前もって構想されたプランはいっさいなかった。それればかりか、治世をとおしてなにも確実には決まっていなかった。

宮廷の引越しは宮殿の拡張を余儀なくした。宮殿が大きくなると庭園も拡張する必要ができた。拡張された庭園には新たなボスケが造られる。宮殿の役割も変わった。最初は保養地だったのが王の住まいとなり、城主が要求したり、好みが変化したりするたびに、専門家たちの才能がそれを引き受けた。

原注

1　九ページの図面では逆さの方向。

2　九ページの主屋の二階の図面を参照。

6 ヴェルサイユは宮廷が最終的にそこにおちついたとき完成した

「諸君はできるだけのことをしてほしい。たとえ工事が遅れていても、水曜日の朝かならず出発して、五時ごろにはヴェルサイユにいたいのだ」

ルイ一四世

人は、太陽王がかつらをかぶってステッキを手に、自室から礼拝堂へ行くために、工事足場のあいだをぬうように歩いているのを想像するだろうか？　優雅な宮廷人が北翼棟の作業場のぬかるみを難儀しながら歩いたり、礼服の貴族たちが鏡の間の石膏の粉をはらったりしているのを思い浮かべるだろうか？　ヴェルサイユの日常生活はあまりに規則正しくて荘厳に思われるため、人は建設中の建物につきものの不快さを忘れがちである。

宮廷がそこ最終的におちついた日——一六八二年五月六日のことだった——ルイ一四世は四四歳で、もはや若者ではなかった。モリエールと名将テュレンヌ元帥は世を去っていた。リール、ブザンソンそしてストラスブールはフランス王国のものとなっていた。王妃マリー＝テレーズとジャン＝バティスト・コルベールは世を去ろうとしていた。そして王はモンテスパン夫人に嫌気がさし、マントノン夫人と結婚しようとしていた。つまりヴェルサイユは、ほぼ王の治世の真ん中で宮廷の定住地となったのだった。すでに五年前から、ルイの心は決まっていた。したがって、それほど前から計画された引越しなら、宮殿の準備ができているのを期待できるところだ。ところが全然そうではなかった。王の決定は建設工事の進捗を速めることはあっても、完成の合図とはならなかった。

構想は王の心のなかでゆっくりと熟したにちがいない。おそらく迷っていた。王の側近で王の宮殿のどれか一つを宮廷の定住地にする計画を察していた人はほとんどいない。ルイが周囲に打ち明けることはほとんどなかった。王は神秘で、胸の内を明かさない。この職務の特徴はそこにある。ほかの宮殿もヴェルサイユのライバルとなりえた。しかし、シャンボールは広大だが遠すぎた。フォンテヌブローは、秋には非常に愉快だが、居心地が悪く、田舎風で古びていた。そして人も知るように、ルイはルーヴルが好きではなかった。サン＝ジェルマンは彼が生まれた城でもあるし、張りあう資格が十分にあった。パリに近いが、反抗的な都会の外にあり、首都には欠けているきれいな空気に恵まれ、狩猟家を満足させる森に近く、見晴らしもよく、廷臣たちを迎え、宮廷人を住まわせることができる市街地の真ん中にある。その上、サン＝ジェルマンには歴史があった。ルイ一一世をのぞいて、どの王もそこに滞在したことがある。それがヴェルサイユにかけているところで、ヴェルサイユには歴史がなかった。だがこの歴史の欠如は、ヴェルサイユに自分の創造物を見たいと願う王を喜ばせた。

王の決断は一六七七年に公表された。同時代人たち、そして歴史家たちが理由を知ろうとした。フランス王の住居としてヴェルサイユが選ばれたことは、巧みな錬金術の結果にちがいない、その成分——狩猟の楽しみ、パリから離れること、とくにルーヴルから——はわかるが、それぞれの配分はわからない。とはいえ、自分の作品を作りたいという願望が、おそらくはもっとも大きな理由だっただろう。

この決定の発表は、新たな熱気をおびた改修工事キャンペーンの引き金となった。それを成就させる好環境だった。ナイメーヘン条約（一六七八年）と一六八八年にはじまるアウクスブルク同盟戦争のあいだの一〇年間の平和の恩恵を受けることができたのだ。中心となってことにあたったのはマンサールで、王は彼に必要な資金を提供した。一六七七年には、一〇〇万リーヴルが宮殿に向けられた。翌年は二〇〇万リーヴル以上となった。一六七九年には五〇〇万近く、一六八〇年には五五〇万までとなり、それは一六七〇年代初頭の六倍だった。宮殿のようすは変わった。

代理石の内庭は最終な外観を得た。前庭の両側に、国務卿の四つのパビリオンが二棟ずつ集められ、閣僚の翼棟となった（一六七九年）。庭園をのぞむ中央のテラスは、連続したファサードに改造され、そこには大ギャラリー〔鏡の間〕と二つのサロン〔平和の間と戦争の間〕が置かれる一方で、一六一メートルある翼が主屋の南につけ足された（一六七八—八二年）。マンサールは、増加が予想される馬や馬車にそなえて宮殿の向かいに大小の厩舎（一六七九—八一年）を建てるとともに、大サービス棟の建設もはじめた。

城内では、ル・ブランとそのスタッフであるワスとルソーが、大アパルトマン、大ギャラリー、戦争の間、平和の間の内装に取り組んでいた。宮殿へのほんとうの入り口である［九ページの17―20、22―23に位置する王の公式のアパルトマンに続く］王妃の階段は拡張され（一六七九―八一年）、それに続く大理石の間に装飾がほどこされた。[1] 私生活にとって、より便利な代理石の内庭に面した新しい王の小アパルトマン［24、27―31、33］の改造は、一六七九年にはじまった。一四章でも述べるが、礼拝堂がまたひとつ――これで四つめ――、一六八一年から、王の大アパルトマン［時代によってずれるが、37―43］の端とテティスのグロットとのあいだに建てられた［37の位置］。

こんな具合で、王と宮廷の引越しのときが近づいてきた。コルベールはもう眠れないほどだった。王に仕える六三歳の老人は、建設請負業者や画家、彫刻家、石工、庭師をみずから指揮し、支出額が多すぎることについて不平をもらしながら、工事の進捗状況についての明細書や報告書や計算書を提出しつづけていた。身をいたわることもなく、週に何度も現場におもむいた。

工事を完成させることが彼の執念となった。一六八二年の冬と春、工事は最高潮に達する。人員は倍増された。それなのに遅れが歴然としている。そこでコルベールは、あくことなく工事人たちをせきたて、いろいろ助言し、やり方についてくどくどとくりかえした。

ヴェルサイユの工事を請け負った職人たちは、建設の管理の小うるさい監督をおそれていたが、コルベールその人はつねに王の目をおそれていた。重圧をやわらげてくれそうな息子に宛てて書いている。「一昨日おまえに言ったように、戦利品装飾《トロフィー》［多数の武具や軍旗などを活花のようにして飾るもの］や壺を昨日の朝には設置させて、王にご覧いただけるようにしなければならなかった。昨日はまた、夕方四時に、たいしたことのないものだが、ある道具の準備ができていなかった……。そのようなことが起こらない日もなければ、王がそれを見ない日もないのだよ」

一六八二年三月。カウントダウンがはじまった。礼拝堂はまだできていない。拱廊の格子窓も階上席の造作も、告解場も扉もこれから設置するところだった。南の翼棟では、指物師、鍵師、塗装工、ガラス職人がせっせと働いている。

一六八二年四月、内装は続いている。王のサロンの彫刻を仕上げるために、休まず働いているコワズヴォーが、週末には足場がすべてはずせるだろうとうけあう。

一六八二年五月五日。まだほとんどの職人チームが仕事をしているところへ、ゴブラン織物工場の大型馬車が調度品やタペストリーを運びこんだ。

一六八二年五月六日。待ちきれなくなった王は、ヴェルサイユへ向けてサン＝クルーを離れる。

王をふくむだれもが、早すぎる引越しは不都合であることを予測した。なにもかもが即興で行なわれた。多くの場所にまだ石工が大勢いる。鏡の間の北側の一部だけが、王の内側のアパルトマンと大アパルトマンとのあいだの通路だったため、最初に装飾をしたので、見せられる状態だった。塗料の強い臭いが不快だった。みな、まだ壁も乾かない新築の城館でうめいた。工事の音も堪えがたい。到着して二日目には早くも、妊娠中でもあった王太子妃は、騒音が耐えがたかったため、南の翼棟のアパルトマンを出て、もっと静かな、隣にある財務卿官《シュルアンタンダンス》邸にあるコルベール家のアパルトマンに移ることになった。工事は続いた。シャンボール城やフォンテヌブロー城へ避難した人々も、多くはほんのひとときほっとしただけだった。

一〇月一六日にふたたび宮廷が戻ってきたときも、すべてが完成にはほど遠かった。南の翼棟の住居はまだすべてが住めるわけではなかった。一階に台所がある大サービス棟の、上の階に予定されている住居が使えるようになるまで、まだ二年かかることになる。主屋では、あいかわらず所狭しと足場が組まれた鏡の間で、一六八二年の秋からギャラリーのほかの部分とは建築の図柄を描いた仕切りでへだてられた南の部分において、画家たちが仕事をしていた。まだ寄木細工の床、鏡の一部、丸天井の大きな絵の下の書きこみが足りない。全体が完成して落成式が行なわれたのは、やっと一六八四年一一月にフォンテヌブローから戻ったときだ。ただし戦争の間が完成するのにはさらに二年が必要だった。奇妙なことに、そのときまだ宮殿にはほんとうの意味の劇場がなかった。

この頃マンサールは新しいオランジュリーを、翌年には北の翼棟（一六八五―八九年）を建設したが、そこに王は新しい住居が増えることを期待した。こうして、一六八三年七月三〇日に逝去した王妃マリー＝テレーズは、その五週間後に世を去ったコルベールと同様、「正常な状態にある」ヴェルサイユを見ていない。だがいったい、この城がそのような状態になることがあるのだろうか？

原注

1　のちの王妃の衛兵の間［九ページの10］。

7　ヴェルサイユ宮殿はクリエーターたちの協力の成果である

「陛下は二人の男（ル・ヴォーとル・ノートル）の手中にあるが、彼らは陛下をほとんどヴェルサイユでしか知らない（中略）。彼らは陛下を、計画から計画へ引きずりまわし、陛下が警戒なさらないなら、建築工事を永遠に続けるだろう」

コルベール

シャルル・ペローが一六八七年にアカデミー・フランセーズで彼の偉大な詩『ルイ大王の御世』を朗読して以来「ペローは古典より現代がすぐれているとして、ボワローなどと「新旧論争」を闘わす」、この時代の芸術の開花が、ルイ一四世の統治に「大御世《グラン・シエクル》」という評価をもたらしたことはよく知られている。ヴォルテールがその後を継いで、この時代をペリクレス、アウグストゥス、メディチ家の黄金時代に匹敵すると考えた。そこからメセナ、芸術家の庇護、ヴェルサイユの建設が、軍事的征服や行政の進歩と同様に、ルイを偉大な王とし、その治世を「大御世」とよぶにふさわしいものとするのに貢献した、という考えが出てくる。数多くの著述家もそれにならって、文芸の偉大な芸術家や文筆家たちを例にあげることで、フランスの偉大さと威光を説明し、総括した。前述のサッシャ・ギトリも一九五三年の映画のなかで、その例にもれず、マダム・セヴィニェに——年代順を無視しているが——その名だたる同時代人に向かって言わせている。「みなさん、わたしたちを見ると、わたしたちをよく見ると、マンサール、テュレンヌ、コルベール、ラシーヌ、そしてボワロー、ヴォーバン、ルーヴォワ、ボシュエを聞き、ラ・フォンテーヌを読み返し、そして人が敬愛するあなたモリエール、わたしたちが同じ時間を生きていることを思うと感動します。そしてわたしたちはまだ全員が互いに出会っていないけれど、ルイ一四世はわたしたちだ、というような気がするのです」

このような一体主義《ユナニミスム》は歴史の勝手な解釈であって、『ヴェルサイユもし語りなば』の作者は、これら偉大な人々のあいだにあった対立や不和や争いを忘れたふりをしている。ヴェルサイユ、統治の宝、フランスの芸術的威光の凝縮、これはほんとうに、共通のプロジェクトに結集した建築家や画家や装飾家や庭師たちの業績、共同で作り上げる作品のためにさっさと個人的な利益をすてて、美的統一を推進した人々の業績なのだろうか？

ヴェルサイユとその祝宴をあわてて描写し、その創造者たちの名をやっつけ仕事のようにあげることで満足している本が、いったい何冊書かれただろう？　それらは「宮殿の偉大な創造者はマンサールとル・ブランであり、庭園を造ったのはル・ノートルである」とくりかえしていて、彼らの野心に無関心であり、彼らの対抗意識に知らぬふりをし、彼らが王の寵愛を得るためときにはつつしみのないほどだったことを、小さく見すぎている。

同様に王の建築管理も、コルベールの派閥とル・テリエ・ド・ルーヴォワの派閥とのあいだの政治的主導権争いをのがれることはなかった。最初は財務総監が、ついで陸軍卿が指揮をとった。ひとりはヴェルサイユ建設に反対の態度を見せたが、もう一人は陛下の命令にしたがって完成にこぎつけた。一六六一年にはじまった最初のひかえめな工事のときから、その後まもなく国王付建設局長官となる（一六六四年）コルベールは、この計画に憤慨していて、あらゆる機会をとらえては王の説得につとめた。若い王が少しも愛着を感じていないルーヴル宮のほうを完成させたいと思っていたので、ルイが情熱をこめて執着しているヴェルサイユをののしった。コルベールは君主の栄光を思い、王は自分の好みを述べていたのだ。王に宛てた報告書のなかで、コルベールは歯に衣着せず言っている。「もっとも偉大な王がヴェルサイユで判断されるなど、なんと嘆かわしいことでしょう」あるいは「計画していることは応急の修繕にすぎませんから、決して申し分なくできることはありません」あるいはさらに、城館に階を建て増ししようというときには、「これではなんのつりあいもとれていません（中略）。怪物のような建物となってしまいます」。そしてライトモチーフのようにくりかえし現れるのは「これは膨大な出費となるでありましょう」ということだった。

コルベールの後、建設局長官となった（一六八三年）ルーヴォワ侯爵はこのような偏見をもっていなかった。王の住まいは実際のところ（ほぼ）最終的な規模に達していたし、新長官は亡くなった彼のライバルより宮廷人らしかった。建築物にかんする機関にはコルベールのとりまきが大勢いたのだが、それにもかかわらずルーヴォワは彼らの役目を解かず、自分の手下ととり替えることを考えなかった。罷免されたのは建物の総監督としてコルベールの派閥に近すぎると思われた、『童話集』の作者シャルル・ペローだけである。継続性が優先され、宮殿を完成させるなかでの権力争いは弱まったのだった[1]。

それに反して、芸術家のあいだでは野心の対立が決してなくならなかった。それぞれが、自分のキャリアのために、王から直接の庇護が得られなければ、有力者のうしろだてを求めた。たとえば画家ル・ブランはコルベールに気に入られてその庇護を受け、彼からゴブラン織の監督（一六六三年）と王の居城の建設工事すべての監督をまかされていた。ところが、コルベールが死去すると、うしろだてを失い、ルーヴォワの敵意に立ち向かわなければならなくなった。新しい国王付建設局長官は、彼より画家ミニャールを好んだ。たしかにヴェルサイユでの仕事は続けていたが、新たな注文は以後彼のライバルのほうにあたえられるようになった。

ジュール・アルドゥアン＝マンサールがほかの建築家すべてを凌駕して王の寵愛を得ることができたのも、宮廷人としての素質と才能のおかげだった。彼はコルベールあるいはルーヴォワの配下になる必要がなかった。マンサールはルイ一四世その人の友情に恵まれたのだ！　三三年間、彼はほぼずっとつねに王に擁護されていた。その華々しい寵愛ぶりは、サン＝シモンをいらだたせた。一六八一年に主席建築家に任命され、貴族に叙され、サン＝ミシェル勲章を受け、一六九九年にはコルベール、ルーヴォワ、コルベール・ド・ヴィラセルフについで、王付建設局長官に昇進した。マンサールは、「当然の芸術監督」のように「王と非常に親しく交際して」多くの由緒正しい宮廷人を青ざめさせるのを楽しんだ、と嫉妬深い回想録の著者サン＝シモンが書いている。ヴェルサイユの建設現場では、外部、内部、付属建物、ふつうならアンドレ・ル・ノートルに属する庭園まで、なにものも彼の影響力をのがれることはできなかった。

二人のあいだで、王の寵愛は平等に見えたが、対抗意識は内にこもって続いた。王が、「アポロンの泉水」の南東にあるル・ノートルが造った「泉のボスケ」をとり替えることを命じると、マンサールは、首尾よく新しいボスケのアイディアを王に吹きこんだ。サン＝シモンによると、ル・ノートルは庭園に入るよう王にうながされた。マンサールがデザインした列柱廊のボスケ［コロナードの樹木庭園］に到着すると、造園家はなにも言わない。王は意見を述べるよう迫った。「陛下、ではわたしがなんと言うのをお望みでしょうか？　陛下は石工（マンサールのこと）を庭師になさった、彼は自分の知っている仕事をしましたね」。その木立――直径三二メートルの円形の列柱廊――は建築家の仕事で、庭師なら植物や砂利に価値を置くはずが、大理石の木立だった。老ル・ノートルと三三歳離れている若いマンサールが、先輩より一歩先を行っていた。一六九四年に、あるデンマークからの訪問客が「マルリー宮でも、トリアノンでも、造園にかかわるのはもうル・ノートルではなく、マンサール氏だ」と書いたのもむりはない。

ヴォルテールのいう「祖国の名を上げた」芸術家たちの才能をたたえることに夢中になりすぎて、美しい「国民の物語」は、宮殿を創造した人々を対立させていた対抗意識や嫉妬やかけひきを無視していることが多い。実際は、彼らは王の寵愛を得るために自分を引き立たせる必要があったのだ。同様に、いわゆるヴェルサイユにおける様式の統一性――不当にもルイ一四世の親政の最初の二〇年にかぎって考えたヴェルサイユのことだ――を主張することは、結局、ルイ一四世の統治の末期には、宮殿が新傾向の様式をどんなにとりいれたかを忘れることになる。

ヴェルサイユはル・ブラン、マンサール、ル・ノートルの三人組以外の才能にも、門戸を開いた。芸術家と職人が新しいチームを形成し、王が望んだ様式更新の主役となった。ロベール・ド・コットは、マンサールの協力者で、のちに承継者となったが一七三五年まで首席建築家をつとめた。アントワーヌ・コワペルは、ルイ一五世の摂政オルレアン公フィリップの気に入りの画家の一人となった。デュ・グヨンはルイ一五世のために小アパルトマンを、アントワーヌ・ヴァッセはエルキュール（ヘラクレス）の間を作った。一八世紀の偉大な彫刻家たち、クストゥー兄弟とロベール・ル・ロランは現場に立ったが、その反対にジラルドンあるいはコワズヴォーは、もはや依頼を受けることがなかった。明日の様式が生み出されるのは、大王の宮殿においてだった。極端に単純化することで、いわゆる様式の統一性が誇張されていたその宮殿のなかに、優美なロココ様式が現れるのだ。

原注

1　ルーヴォワの後の建設局長官は、エデュアール・コルベール・ド・ヴィラセールが一六九一年に、その後一六九九年から一七〇八年まではジュール・アルドゥアン＝マンサールが継いだ。

8　ヴェルサイユはフランス古典主義の傑作である

「ヴェルサイユは外国の君主たちにも、フランスの神髄がどんなものであるかを教えるだろう」
ジュルナル・デ・デバ誌、一八三七年

「ルイ一四世のヴェルサイユは、イタリアのバロックに対する古典主義の毅然とした反発を示した」
カミーユ・モークレール［一八七二―一九四五、詩人、著述家、美術史家］

ヴェルサイユが傑作であることを否定しようと思うものはいない。だが、古典主義建築のなのか？もし古典主義建築が形の均衡が主役の、直線を好み、左右対称を追求し、高貴な簡素さを愛することであるなら、ルイ一四世の住まいは古典主義だ。だがどのヴェルサイユのことを言っているのだろう？　最初のヴェルサイユ、つまりル・ヴォーによるものなのかマンサール制作の二番目なのか、磁器のトリアノンなのか大理石のトリアノンなのか、テティスのグロットなのか大運河の眺望のことを言っているのか？　ヴェルサイユの出資者はフランス人であり、フランス人の筆頭に立つ人物でもある。建設した人々も同様で、ル・ヴォー、マンサール、ル・ブラン、ル・ノートル、ジラルドン、コワズヴォーはみな、生まれついてのフランス人である。

しかし好奇心の強い観察者は、建設にたずさわったほかの芸術家たちがイタリア人だったことも知っている。彫刻家ジャン＝バティスト・テュビ、祭典装飾家カルロ・ヴィガラーニ、彫刻家でブロンズ鋳造師のフィリップ・カフィエリ、家具職人でブロンズ鋳造師のドメニコ・クッチらである。[1]イタリア人として生まれていながら、フランスの型に流しこまれ、フランス音楽の擁護者となったジャン＝バティスト・リュリのようなフィレンツェ人もいれば、マルク＝アントワーヌ・シャルパンティエのように、パリに生まれてイタリア音楽の旗手となった人もいる。イタリアの絵画、古代美術、華やかな工芸品などは、王のコレクションにくわえられるとともに、ヴェルサイユの装飾にも貢献し、宮殿の建設にあたったル・ブランやル・ノートルなどはイタリアに滞在もしている。

だが、ルイ一四世の住まいにおけるイタリア人の存在は、現在の宮殿の姿、あるいはせいぜい一七一五年のヴェルサイユによってあざむかれている現代の観光客の目には入らない。われわれの同時代人は、現在のマンサールの宮殿を目にしているために、最初のヴェルサイユであるル・ヴォーのヴェルサイユを忘れているか、知らずにいるのだ。

「包囲建築」と名づけられ、ル・ヴォーによって建設された庭園を望むファサードは、アーケードになった一階（基階）部分と、上にアティク（屋階あるいは屋根裏部屋）がある主要階でできていて、中央を両脇に二個の巨大な立方体のパビリオン（館棟）をそなえたテラスが占め、同じ世紀の初めにローマに建てられたヴィラ・ボルゲーゼを思わせるなにかしら劇場のようなところがある。また、宮殿の正面入り口の前にあるアルム広場で収斂する、パリ、サン゠クルー、ソーの三本の大通りは、永遠の都ローマの中心に向かう三本の道が収斂するポポロ広場を思わせないだろうか？

庭園でも、泉水（たとえばピラミッドの泉水）やボスケ（木立。たとえば舞踏の間の小庭園やアンスラードのボスケ）などイタリアからお手本をとった例に事欠かない。そして、夏の暑さを避けに来るために作られたグロット［洞窟風の内装をほどこした建物］ほどイタリア的なものがあるだろうか？ヴェルサイユにおいて、この庭園の小建造物を継承していたのはテティスのグロットで、夢のように美しく、その気晴らしのための海の棲家では、鏡のきらめき、水のせせらぎ、鳥の鳴き声をまねた水オルガンといったすべてのものが神秘的で、幻想的な夢幻の世界を演出していた。

ヴェルサイユの彫像も、古代にもイタリアバロックにも無関心ではない。ジラルドンとレニョーダンの群像「ニンフにかしずかれるアポロン」は、古典主義と評価されているが、古代から着想を得ていて、ローマ［ヴァティカン］にあるベルヴェデーレのアポロンを参照している。また群像を左からエスコートしているジル・ゲランの「太陽の馬」も同様である。一方で、彼らの同僚のマルシー兄弟による、より熱情的な右の馬はバロックと考えられている。その他の多くの彫刻作品が、イタリアに依拠している。王の散歩道の入り口にある「ラトーヌとその子どもたち」も、ボローニャの画家フランチェスコ・アルバーニのある絵画に着想を得ているのではないだろうか？

それに、一六六五年パリ滞在の折にジャン・ロレンツォ・ベルニーニが製作し、王がディアーヌの間に飾ったルイ一四世の胸像や、一六八六年に宮殿に迎えられるやいなや王を感嘆させたバロックの彫刻家ドメニコ・グイディの作品、「王の歴史を書くファマ」をくわえれば、ヴェルサイユがどれだけの好意をもってイタリアを、その芸術家と作品を、そのスタイルを受け入れていたかを推し測ることができるだろう。[2] 根強い伝説と違って王は叙情的かつ熱情的な二点の傑作、ペルセウスとアンドロメダ（アンドロメダを解放するペルセウス）とクロトンのミロン（クロトナのミロ）に、王の散歩道の入り口のもっとも目立つ場所を用意し、それを制作した、王国でもとくにイタリア趣味の彫刻家であったマルセイユ生まれのピエール・ピュジェに、皆の前で賛辞を呈している。

大アパルトマンの天井の構図や図像もイタリア風である。大階段（あるいは大使の階段）ではヴォールト［曲面天井］のだまし絵、あたかも本物のように描かれたタペストリー、目を錯覚させる遠近法が使われて、四大陸を象徴する人物たちが王が通るのを見つめているが、その同じ構図が、すでに一六一六年から一六一七年に、当時教皇の住まいとなっていたローマのクイリナーレ宮殿の王の間を飾っていたのを、ル・ブランがイタリア滞在中に見た可能性があるのではないだろうか？　大理石の羽目板、錯視画の技法を用いた天井画、だまし絵の風景画によって、ヴェルサイユの広間は、ファルネーゼ宮殿のカラッチによるガレリア・ロマーナ、あるいはフィレンツェのピッティ宮殿にあるピエトロ・ダ・コルトーナによる惑星のアパルトマンのようなイタリア天井画を継承している。中央天井画の周囲は四隅から空に向かって開き、コーニス［帯状装飾の部分］に人物を配した構成になっていて、他方、ヴォールトに描かれたイーゼルがだまし絵の薄肉彫の前にかけられているよう（クアドリ・リポルターティ［擬似額絵］と命名された）に見える。

ローマとヴェルサイユのあいだには、そのほかにもつながりを見ることができる。マンサールとル・ブランによるヴェルサイユの主要な部屋である大ギャラリーの原理は、たしかに王の住居として新しいものではなく、フォンテヌブローのフランソワ一世のギャラリーやルーヴル宮のアポロンのギャラリーがある。だが、それがすでにイタリアからの借用であった。戦争の間と平和の間にはさまれたヴェルサイユの大ギャラリー（鏡の間）はイタリアのモデルにさらに近い。ローマのコロンナ宮殿もローマン・バロックの至宝というべきギャラリーを誇っているが、両側を二つのサロンにはさまれていて、太陽王のギャラリーのモデルの一つ、おそらくは文字どおりモデルそのものである。

イタリアに借りがあることは明らかだ。しかし、そのことでヴェルサイユはイタリアのモデルのコピーにはならなかった。しばしばよく似ていて、発想は共通かもしれないが、できあがったものはその「お手本」からかなり違っていて、そのオリジナリティーとそれを作り出した人々の固有の才能をはっきりと語っている。ヴェルサイユの芸術家たちは、イタリアで流行している型を自分のものとし（まねしたのではない）、古代の遺産とルネサンスの遺産との、そして同時代のイタリアの技とフランスの伝統との巧みな統合を行なうことに成功したのだ。関連性、相似、借用、影響は平凡で浅い模倣とは異なる。宮殿におけるすべては、もっぱら古典主義でもなく、それ以上にもっぱらバロックでもない。フランスがバロックの大きな動きもイタリアニズムも受けつけなかった、というのは伝説である。芸術の歴史においても、レッテルには気をつけなければならない。

原注

1　ただし、彫刻家のガスパールとバルタザールのマルシー兄弟は、北フランスのカンブレで生まれた。

2　一六八五年に到着したベルニーニによるルイ一四世騎馬像が拒否されたのは、威厳に欠けていたため王をがっかりさせたからであって、ルイ一四世が同時代のイタリア芸術に対して拒絶反応を示したからだという解釈はできない。

9　ヴェルサイユは空気が悪かった

「美しい場所を見て、よい空気を吸って、わたしはすっかり健康を恢復した」

クリスティアーン・ホイヘンス

「わたしはすこぶる快調です。ヴェルサイユの空気のおかげで頭痛の半分はなくなりました」

マントノン侯爵夫人

「王は以前ほどヴェルサイユがお好きでないようだ。空気が健康に悪いとお考えなのだ」

スーシュ侯爵

一六六六年六月にヴェルサイユを訪問したオランダのすぐれた物理学者ホイヘンスが、そこが健康によいとほめそやしているのは、科学的な省察に精通した達人としてなのだろうか？ それとも、感動に目がくらんで、見るものすべてを賞賛しがちな観光客としてなのだろうか？ 田舎とよい空気は新しいテーマではない。しかし、サン＝シモンのような不平屋の都会人にとっては、田舎に住むことは、俗世を離れるようなものだ。だから彼は「宮廷を恒久的にパリの外へ引きずり出して、ずっと田舎に引き止めておくこと」という王の選択を非難しているのだ。アンヌ・ドートリッシュの死後、ルイ一四世が定期的にしていたようにサン＝ジェルマン＝アン＝レーをしばしば訪れることもすでに、みなが賞賛する空気の良さには興味のないこの回想記の作家にとっては非常識なことだった。ヴェルサイユは、ルーヴルからもっと遠く、住民五〇〇人の質素な農村の近くの、なにもない場所に建てられているのだから、サン＝シモンには「どこにもましてみじめで不快な場所」のように思われた。ルイ一四世の創造物は、町の外にあって遠いばかりでなく、不健康な場所にある。ホイヘンスはまちがえているのだろうか？

ホイヘンスがヴェルサイユを見たのは、たしかに「魔法の島の歓楽」の祝宴が催された、田舎の逗留地にすぎなかった頃のことだ。まだ質素な建築物だった初期のヴェルサイユ宮殿は、ときどき訪れるための、むしろ庭園のヴェルサイユだった。そこを宮廷の居場所とした大工事の前は、なにものも心地よい自然の魅力を害することはなかった。そのかわりに、最初のつるはしが打ち下ろされて土地造成がはじまると、この自然はそれほど快適ではなくなってしまった。

宮殿は最初、丘の頂に建てられたので、増築のために大々的な整地が必要となった。だれもが周囲に自然の、淀んで、多くは汚水の排水溝となっていた沼地があるのを知っていた。たとえば、クラニー沼、まさにマレ（沼）と名づけられた沼、あるいは昔からある村の下方、トラップへの道沿いの、ざっくばらんに「臭い沼」といわれていたいくつかの沼。そこで、ヴェルサイユの土地は不健康で、そこに住む人にも現場の労働者にも病気をもたらすと考えられた。

ヴェルサイユの空気がよくないという意見は、広く同時代人に共有されていた。セヴィニェ夫人も、ブルゴーニュの戦場にいっている従兄弟のビュシー＝ラビュタンにこぼしているが、彼のほうは空気や水の質にまで王の支配がおよぶわけではないよ、とからかう調子で答えている。ヴェルサイユに定住するというルイ一四世の決定により、新たに大きな土木工事が必要となった。「大々的な土地造成のせいで空気が汚れている。くわえて水が腐敗していて、その空気をさらに汚している」とのプリミ・ヴィスコンティの証言がある。そしてこの才気煥発なイタリア人は次のように概括する。「もっとも、この地域は全体的に不快で、砂と不健康な沼地しかない」。また、一六八〇年夏の暑い盛りには、「王太子も、王太子妃も、宮廷人も、そこにいた全員が、思うに王とわたしだけをのぞいて」、病気になったと報告している。

一〇年後、ラ・ファイエット夫人が、「ヴェルサイユの泉水がとぎれないようにするため」のウール川の工事に駆り出された軍隊が、病気ですっかり参ってしまい、なんの仕事もできない状態になったと言っている。サン＝シモンがヴェルサイユは結局「流砂と沼地」でしかなく「それゆえよい空気はない」と言ったが、それは自然がもたらしたものだ。だが土の移動や石材の加工、ウール川の工事は人間のしわざだ。サン＝シモンは主張する。「そこであちこち自然に対してなされた暴力は、心ならずも不快をひき起こし、嫌悪感をいだかせる原因となった。あらゆるところからむりやりよせ集められた大量の水は、緑色にドロドロとぬかるみ、不健康ないちじるしい湿気と、さらにひどい臭気をまきちらしている」。「三日熱」による死亡者が増えているのもそのせいだった。スーシュ侯爵も黙っていない。「フォンテヌブローでは、空気がいつももっとよかったものだが、ヴェルサイユではいつも非常に悪い。とくに今年（一六八七年）はひどく、有害だったように思われる」。ヴェルサイユにおける死亡には、「悪い空気」の影響と工事中の事故以外の原因もあった。おもに、人夫が密集し、衛生状態が悪いために感染症が蔓延していたことと食事が十分でなかったことによる。だがそのことはしばしば、空気の臭いや場所の不衛生状態のほうにより敏感な同時代人には意識されていない。

著述家や回想録作者はおおげさすぎるのではないだろうか？　ヴェルサイユは自然のままが残されたソローニュとは違う、とフレデリック・ティベルギアンは注意をうながす。過去には、自然の池やガイイの小川で互いにつながった一連の小さな沼は、村の住民たちが定期的に水をぬき、さらえ、保全してきた。これら水の広がりは、養魚池に、また家畜の牧草地にうってつけだった。そこへ、宮殿の建設にともなって大規模な排水工事と池の掘削がはじまった。いちばんの湿地帯である南の部分が浄化された。浚渫し、調節し、石組みで土手を作り、給水と排水をコントロールしたおかげで、これらの沼地は泉水となった。こうして「臭い沼」のかわりに一六六五年からは、スイス衛兵の泉水といわれる泉水が掘られた。そのために掘り出した土の上には、一六八〇年に王の菜園が作られる。地面に浅く埋めた石造りの排水口あるいは小さな水管が、流れる水を受けて、一六六七年に着工された大運河のほうへと同様この泉水へも導いているので、双方は地下の水管でつながっている。運河の土手の壁につけられた、あふれた水を流す溝のシステムが、それをガイイの小川へ送りこみ、そこからモルドドル川へ、さらにセーヌ川へと流しこんでいた。[1]

よどんだ水が原因としてヴェルサイユの不健康な空気を告発することは、敷地の沼地の多い環境を変えた排水工事を過小評価するものである。庭園に植物が増えると、水は以前より停滞しなくなり、悪臭も薄らいだ。また、シャベルやツルハシで削りとられ、手押し車や放下車［チップカート、傾けて荷を降ろすダンプ式二輪車］、背負いかごに入れて運ばれていた何百万立方メートルもの土による空気汚染のほうは、南の翼棟続いて北の翼棟、大小の厩舎、大サービス棟の建設によって宮殿が拡大し、他方で小オランジュリーのレンガが石材に道をゆずった時期［ル・ヴォーが一六六三年に建てたものを、マンサールが一六八一―八六年に拡大して建て替えた］のことである。

有害な空気の原因である腐敗した水を駆逐することにくわえて、一六七六年から一六八八年にかけて大規模な水利工事が行なわれ、宮殿に飲用に適した水をもたらすことができるようになったが、当時はだれひとりとしてその品質は問題にしなかったようである。王は飲むことができる流水を自分の住まいに引くことに熱心だった。近隣にある一〇個所ほどの水源から、テティスのグロットや大使の階段［ここにも噴水があった］へ供給される水がそれを引き受けた。さらに、現在のレゼルヴォワール通りにあるパヴィオン・ド・スース（水源館）に連結した一一個所の水源がヴェルサイユの町に水を供給していた。

水の管理は科学アカデミーによって行なわれた。一六八二年の報告書は、「ヴェルサイユの水はその質において、もっともよいと評価される水と同等である」と判断している。おそらく水の質についてあまり厳格な要求をしなかっただろう。澄んでいて臭いがなければ「飲んでもよい」と判断された。当時のディアフォワリュス親子やピュルゴン［モリエールの『病は気から』に登場する戯画化された医者たち］は、飲んでいる人々が病気になっていないことが、その水が無害である明白な証しであると評価するくらいだった。

こうして、設備と衛生についての努力のおかげで、熱病はなくならないまでも減少した。年代記作者たちが否定的な評価をしたのは、宮殿の大工事の時期のことで、実際それは数多くの生活妨害をひき起こしていた。だが一六八〇年代になって宮殿の拡張工事が完了すると、それらも目立たなくなった。土地の造成が終わると、ヴェルサイユの「悪い空気」もそこに住む人々の健康を害することがなくなったようで、王が望んだ新しい都市の発展をそれ以上さまたげることはなかった。

原注

1　ジャン＝フランソワ・モンドの研究による。

10 ヴェルサイユの大噴水はルイ一四世の自慢だった

「ここでは泉水の種類の多さに気づくだろう。泉、噴水、広い水面、水槽、姿も効果もいろいろだ」

ルイ一四世『ヴェルサイユ庭園鑑賞法』

「そこに見えるのは泉水ではなく、天空まで昇っていく川だ」
ジャン・ド・プランタヴィット［一六四六―一七二六、回想記を残した］

毎年の夏、何百万人もの観光客が大噴水を眺めようとヴェルサイユ庭園におしよせ、「音楽の大噴水」とか、土曜の夜の「夜の大噴水」と名づけられたイベントも催される。こうした熱狂は、もしそんなことが必要とあらば、ヴェルサイユが宮殿である前に、庭園であったこと、花壇の、ボスケの、泉水や彫像の庭園であり、なによりルイ一四世が自分の所有地のもっとも美しい装飾だと考えていた噴水のある庭園であったことをあらためて確認させてくれる。一六八九年に楽しみに書いた『ヴェルサイユ庭園鑑賞法』という小冊子のなかで、王は、もっとも注目すべきところを優先させながら、理想的な訪問を提案、いやむしろ強要しているが、とくに「噴射したり、静止したりしている」泉水を鑑賞することをうながしてやまない。ヴェルサイユの泉水は太陽王の自慢だったのだ。

宮殿の初期の工事がはじまったばかりの頃から、ヴェルサイユでの祝宴と水の効果とは切り離せなかった。祝宴の成功はスペクタクルの質と舞台装置にかかっていた。そこで、水は静かなものも、力強く噴射するものも、溜まっているものも、滝も、流れているものも魔法を生んだ。水は楽しみの欠くことのできないパートナーだった。祝宴が終わっても、噴水装置は庭園の装飾として残る。ヴェルサイユを王が訪れるときは、敬意を表するため、宮殿から王が眺めることになっている泉水が連続的に水を噴き上げ、賓客とする散歩に興をそえるため、それに合わせて臨時に噴水が作動した。水に対するルイ一四世の情熱は決して消えることがなかった。

このような情熱には金がかかる。これを満足させるために、ルイ一四世は気前よく金を使おうとした。無分別にというべきだろうか？　一六九〇年より前についやされた六五〇〇万リーヴルのうち、四〇％近い二五〇〇万リーヴルが水にあてられた。庭園の泉水や彫像のため（三〇〇万）ではなく、領地内の水の供給システムのためである。このような途方もない出費はヴェルサイユの水利設備——一四〇〇の噴水と三〇キロメートルにおよぶ配管——だけにかかったのではない。「泉水の充足状態」

を得るのには、ほとんど克服しがたい困難があったことがわかる。実際、ヴェルサイユの水は、ルイ一四世の自慢の種だったのみならず、悩みの種でもあった。

宮殿は、人も知るように、大きな川は一本も流れていない湿地帯の小さな丘に建設された。丘陵に囲まれ、その向こうの下方に谷がある。このような場所は水を引くのに適していない。ほとばしる水を愛した王は、最悪の土地を選んでしまったのだ。サン＝クルーやシャンティイやヴォーでは気前がよかった自然が、ヴェルサイユでは水にかんして吝嗇だった。だからむりに従わせる必要があった。

長いあいだ王は、宮殿の北東の斜面の下にあるクラニー池からポンプでくみ上げた水で満足しなければならなかった。フィレンツェ出身の水道業者一族のフランチーニ父子、このあいだまでフーケの仕事をしていた技術者ドニ・ジョリーが、馬で回転させるポンプで水をくみ、ル・ヴォーが建てた煉瓦と石造りの塔の先端までかろうじて揚水するという装置を造った。粘土でできた三個の貯水槽に満たされてから、水は近くにある池にふたたび送られる。できの悪いこのシステムは、庭園にかんする王の希望をかなえることはとうていできなかった。それはやがて、テティスのグロットの頂上に隠し置かれた追加の貯水槽によって、改良される。水を高い場所に貯めることで、十分な水圧を得ることが可能となったのだ。こうして、最高のぜいたく、「鏡の間」ができる前のテラス中央を飾っていた噴水が、機能するようになった。

一六六六年を通じて、王はヴェルサイユ訪問の際、噴水が動いているのを見て楽しむことができた。だが自然の出し惜しみを前に、どんな浪費も排除すべきで、王が遠ざかるとすぐに水栓が閉められた。花壇やボスケのなかの泉水が増えたため、よりいっそうの水が必要となっていたのだ。取水と揚水の技術が改良された。全部の場所で鋳鉄の配管を使用することにした。一六六六年に創設されたばかりの科学アカデミーの会員たちに意見を求めた。国内外の数学者やエンジニアにも助けを求めた。オランダ人のクリスティアーン・ホイヘンスあるいはデンマーク人のレーマーらだが、後者は光速度をはじめて算出した人物であり、王太子の天文学の家庭教師だった。しかし、彼らの巧みな仕事も水の需要にはつねに遅れをとった。王はちょろちょろとした流れでは満足せず、勢いよく出ていたのがほかの噴水の栓を開けたとたんに弱まってしまうことに腹をたてた。どんな技術があれば、王にすべての噴水がそろって作動するのを見て満足してもらえるのだろうか？

水道業者と水力技師が近くの水源を捕まえた。一六七一年には、大容量の地下貯水槽が西側の花壇の下に新たに整備された。次は、その貯水槽まで水源の水を導かなければならない。そこでヴェルサイユの付近には、揚水を受けもつ数多くの風車が立つことになる。ビエーヴル川の堰のおかげで、一六六八年にはヴァル人工池が作られ、その水はサトリ高原に汲上げられ、そこから次はテティスのグロットの貯水槽まで到達する。だが、王の度を超えた要求にこたえるためには、近隣の水源ではすぐに足りなくなってしまう。水の追跡を続行し、拡大しなければならない。もっと遠くまで、近くの山の上、さらにはそれを越えたところまで探し求めること。ミディ運河を建設したピエール＝ポール・リケが一六七四年に大胆にも提案したように、ロワール川からヴェルサイユへ水を運ぶ送水路を作ったらどうか。コルベールががっかりしたことには、科学アカデミーがその計画は常軌を逸していることを明らかにしたため、実行には移されなかった。

そこでコルベールは、『地球の測定』の著書があり、天文学者でもあったジャン・ピカール神父と、技師トマ・ゴベールという造詣の深い二人の人物に、ヴェルサイユの南西の、宮殿の貯水槽より高いところに位置するサトリ、トラップ、ボワ＝ダルシーの高原から水の流れを人工池に集め、サトリの丘を通る地下の排水管によって重力の力だけで噴水からはとばしるような装置を作る任務をゆだねた。三年間の工事の末（一六七五―七八年）、水の調達の問題は解決したと思われた。以後、役に立たなくなったと考えられたクラニーのポンプは打ちすてられさえした。

しかしながらコルベールは、ルイ一四世がヴェルサイユ宮殿に定住する決意を知るや否や、またしても噴水についての王の新たな要求を満足させるために尽力することになった。水をかき集めるのは、終わりのないシシュフォスの仕事［ギリシア神話。貪欲で邪悪だったシシュフォス王は、死後地獄で何度でも転がり落ちる岩を山頂に押し上げるという苦業を課された］のようなものだ。大臣は、トマ・ゴベールに「下の池」（庭園の低い部分だけにしか水を供給できないため）とよばれる別の水路の建設を依頼した。長さ一七〇キロメートルにわたる広い範囲にわたって、ビエーヴル川とイヴェット川の中間にあるサクレー高原の水を集めるのだ。池の水はビエーヴルの谷からビュックの村まで通りぬける。水力サイフォンの原理による解決法はあまり効果がないとわかると――鉛と銅のジョイントは谷のいちばん底では水圧が高すぎて耐えられない――建築家でもあったゴベールは、一六八四年から八六年のあいだに長さ五八〇メートル、高さ［最大で］四五メートル、二階建てで、一九のアーケードをもつ、ビュックの水道とよばれる見事な水道橋を建設した。こうして重力の力だけによって宮殿に達した水は、鹿の苑の地区やサン＝クルー通りとパリ通りのあいだにあるモンボロン地区の「ゴベール貯水槽」にそそぐ。以後、水は潤沢に届くことになる。

最初の結果は「コルベール殿にたいへん喜んでいただいた」と、トマ・ゴベールが報告している。だが、大臣は完成を見ることができなかった。「導管に水が流されたのは、彼の死から三週間後だった」。そしてなんと！　溜まっていた人工池の水は、まもなく村民の健康にとって危険であることがわかった。そして庭園の高い部分については、あいかわらず水不足だった。ヴェルサイユの水は呪われていたのだろうか？

コルベールの後を継いで国王付建設局長官となったルーヴォワは、システムをさらに拡大させた。ピカール神父の弟子であった天文学者で数学者のフィリップ・ド・ラ・イールに、「上の池」とよばれる新しい水路の建設を命じたが、それは九つの新しい人工池をふくむ、トラップとランブイエのあいだの六〇キロメートルにわたる放水路と一部地下を流れる二〇キロメートルの水路でモンボロンの貯水槽まで水を運ぶ。一六八八年に、下と上の水路がつながった。これで挑戦を受けて立つことができたように思われた。

全体として、毎日一万二〇〇〇立方メートルの流量が期待されたが、それには達しない。長い道のりのあいだの蒸発やもれがあり、乾季もあることから、池のシステムは不十分だった。またしても別の解決法を見つける必要があった。二つの工事がはじまった、雄大で壮大で、なみはずれて費用のかかる結果的にむだだった工事、マルリーの機械とウール川の流れの変更である。

巨大で複雑な水車がルヴシエンヌの丘の下方でセーヌの水をくみ上げ、丘を登ってヴェルサイユへ向かわせた。王は数年前からそのことを考えていて、一六八〇年に、水力にかんするエキスパートに助けを求めた。それはリエージュ司教国［現在のベルギー南部］出身の技師アルノルド・ド・ヴィルと彼の同郷人で大工のレヌカン・スアレムで、王は彼らに、ブージヴァルとポール＝マルリーのあいだの川の左岸に設置する「セーヌ川の機械」の設計と建設を委任した。三六のアーケードをもつ長さ六四三メートルの水道橋が、アルドゥアン・マンサールとロベール・コットによって建設され、マルリー、トリアノンとヴェルサイユに分配される水を、モンボロンとピカルディーの丘にあるいくつかの貯水池によって供給することになった。定期的に現場を訪れていた王は、いったん、一六八四年六月一三日落成式を行なったが、機械が完全に作動するようになったのは一六八六年のことだった。三七〇万リーヴルかかった。大工、鍛冶職人、建築用材木の縦挽工、水道管の設置工配管工、鋳造工、タール塗り職人、グリース工、水道業者らによるメンテナンスにかかる高額な費用は別である。

だが、この巨大な機械は不安定であることが明らかになったうえに、途方もない騒音を立てるわりに生産性が低かった。日に六〇〇〇立方メートル以上が期待されていたのに機械はその半分しか供給できなかった。ヴェルサイユは貪欲だった。王の初期の満足も続かなかった。すでに造られている池にそそぎこむ本物の川を引くべきだろうか？　もっとも近いのはウール川だった。

ルーヴォワはラ・イールに川の流れを変える計画を検討させた。ラ・イールはそれを実現可能だと判断し、経済学者ヴォーバンの好意的な意見もあって、話は決まった。シャルトルの上流の、ポングァンのところで水をとりこみ、それを分水路によってマントノン［マントノン侯爵夫人はウール川近くのこの土地と城館を購入したのち、その称号を得た］まで引きこむことにする。高さ七三メートルの三階建の巨大な水道橋で谷を越えることができるだろう。

一六八四年四月に工事がはじまった。リモージュの石工たちやフランドルとピカルディーの煉瓦工にくわえて、ルーヴォワは歩兵三六個大隊と竜騎兵六中隊の応援を頼んだ。総勢三万人がこのけたはずれの仕事に取り組んだのだ。途方もない試みの合計額はほぼ九〇〇万リーヴルに達した。金額の重みに、人身の損害もくわわった。土地造成が原因の伝染病が労働者のあいだに死者を出し、一六八六年夏には、一六〇〇人が病に倒れてシャルトルその他の近郊の病院に収容された。

一六八九年には、戦争のせいで工事が遅れた。兵隊は軍事行動の舞台へ送りこまれるため工事現場を引き上げた。運河の掘削は中断した。水道橋の建設は一階で止まった。水は全体の半分まで来ていたが、それ以上先へは行かなかった。建設は一六九二年に中断されたまま、再開されなかった。

宮廷人やたんなる訪問者はヴェルサイユの泉水に水を供給している水力技術には無関心でいられただろうし、何キロメートルも続く地下の水路を気にすることなく、宮殿をとりまく貯水池が目に入ることもなかっただろう。だが王の自慢である庭園のほとばしる水の妙なる光景を賞賛せずにはいられなかったはずだ。たしかに水のスペクタクルを続けて楽しむことはできなかった。水量が全部の噴水を作動させるには足りなかったため、水道業者たちは、王の散策に合わせて、彼がそれほどまでに愛した噴水を作動させようと、一六六三年の頃と同じように貴重な液体を出し惜しんで、王が近づいたときだけ栓を開け、通りすぎると大急ぎで閉じるのだった。

ルイ一四世はだれにもまして水を愛したが、思いどおりにしようとの懸命な努力にもかかわらず、水のほうはケチケチとしか愛を返さなかった。

11 ヴェルサイユは銀で満たされていた

「とにかく銀でできたものばかりだった。テーブルや椅子といった通常は木製であるところが、銀だった」

メルキュール・ギャラン誌、一六八一年四月

［一六七二年創刊の知識人の楽しみのための雑誌、メルキュール・ド・フランスの前身］

シャムの大使たちを迎えた一六八六年九月一日の、大ギャラリーにおけるルイ一四世のレセプションは、その機会に合わせて集めた銀の調度品で、ヴェルサイユの壮麗さの頂点を画した。

ギャラリーの南端には、平和の間のタペストリーに隠されたアーケードを背に、階段を九段登る壇があり、その上に銀の玉座が置かれた。その階段の脇には八台の銀製の燭台置き[1]が設置され、そこに

花かご飾りか枝付き飾り燭台[2]がのっている一方で、壇の足もとには二台の「とてつもなく大きい篝火を焚くカゴが置かれていた。それから、両脇に分かれて、取手付きの大きな水差し[3]、蓋と脚のついた装飾的な香炉《カソレット》[4]、テーブルと大きな壺があるが、すべて銀である。このような調度品は、当時「王の偉大な銀器」とよばれていたが、衣装の華麗さとともにこのレセプションを一段と豪華なものとしていた。

ルイ一四世はヴェルサイユに定住する前から銀の調度に魅惑されていた。最初の注文は親政の初期の数年にさかのぼる。こうした趣味は、ルーヴル宮殿のアパルトマンに銀の調度や金銀細工[5]の工芸品を所有していた母后アンヌ・ドートリッシュから受け継いだものだが、枢機卿マザランもまた、倦むことを知らない収集家として、すくなくとも五〇〇点の金銀細工を所有するほどの情熱をもちつづけていて、それを若い王に伝えた。早くも、祝宴「魔法の島の歓楽」の際、ルイ一四世はヴェルサイユの広間の一つに銀製品を集合させたが、その多さは宮殿を訪問したスキュデリ嬢を驚かせたものだ。

銀の調度品の流行はフランスにおいて新しい傾向だった。おそらくアメリカから貴金属が豊富にもたらされたイタリアかスペインから来たもので、フランスにはルイ一三世の治世に伝わった。工芸品とその新作に非常に敏感だった王太后マリー・ド・メディシスが、その紹介者だった。ルイ一三世との結婚のためにパリへやってきたその義理の娘アンヌ・ドートリッシュは、父のフェリペ三世が、彼女の結婚の機会にと作らせた銀製のブラゼロ［屋外で使われる暖房用の火鉢］とテーブルと鏡をマドリードからもってきた。そうした趣味はその後も変わらず、母は息子にそれを伝えた。したがって、太陽王は宮殿を銀で飾ったはじめての君主でもなければ、唯一の君主でもない。だが、彼はそれまでになかったもっともすばらしいコレクションを所有することになり、満場一致の驚嘆をもってたたえられた幸運な人物であったことは確かである。

ヨーロッパの宮廷は、フランスのお手本にならって「銀製品」をもつようになったが、それは打ち出し細工をし、彫金細工をほどこした厚い銀の板で、木製の台に鋲で打ちつけられたものだった。ルイ一四世のものは銀の塊だった。[6] このような驚嘆すべき作品を手に入れるため、王は大勢の才能豊かな金銀細工職人をかかえていて、彼らはゴブラン織工場の総支配人シャルル・ル・ブランの指揮下で仕事をしていたが、あらゆる作品の構想はル・ブランが受けもっていた。

長いあいだ、王の注文はかなりの大金を要するものだったが、金額は戦争の時期と平和の時期によって異なった。だが、いったいどんな住まいがこれだけの量を収容できるだろうか？　一六六八年の引き渡しとヴェルサイユへの最終的な移転とを分ける一五年のあいだ、放浪する備品の伝統どおりに、移動する宮廷に付随して銀細工も休みなく運ばれつづけた。

たとえば、一六六八年七月一八日の「大いなる気晴らし」の祝宴の際、金銀細工の工芸品がヴェルサイユの庭園に姿を表す。一六八一年五月には、モスクワからの使節を豪華に迎えるため、アポロンの間に銀の調度品が運びこまれた。メルキュール・ギャランによると、「数かぎりない銀製品」がそこに集められ、それにくわえて、純銀ではなく銀めっきの木材でできていたとはいえ、王室家具収蔵庫から取り出してきた銀の人物像で飾られた玉座は、二・六メートルもあったという。

宮廷がヴェルサイユにおちついてからは、「偉大な銀器」が儀式用のアパルトマンを恒常的に飾ることができるようになった。大型の銀製品は、一連の広間のなかでももっとも豪華な部屋部屋を飾り、それらをならべたマルスの間、メルキュールの間、アポロンの間（銀の玉座があった）と大ギャラリー、その両端にある戦争の間と平和の間が、「アパルトマンの夜会」の招待客たちの目を奪った。大アパルトマンとギャラリーを飾る一六七点の銀の調度品のうち、一七個が王の公式の寝室となっていたメルキュールの間に集められた。わかっているものの大きさと重さを、参考のためにならべてみよう。「アパルトマンの夜会」の時期には、この部屋にある盛儀用寝台がかたづけられ、ゲームとそれを楽しむ人々のための部屋となったが、アルコーブ［寝台を置くために壁に設けた窪み］と部屋のほかの部分をへだてる銀の手すりは、そのままにしておかれた。手すりは一トン以上ある純銀で、その上にはそれぞれが一八キロの燭台が八台ならんでいた。アルコーブの角には、一メートルを超える高さで一〇〇キロもある二つの巨大な香炉がそなわっていた。窓と窓のあいだの、長さ一メートル五〇センチで三五〇キロある、大きなカゴと燭台がのった長テーブルの上方に、四二五キロの「最大級の鏡」があった。装飾をさらに豪華にしているのは、枝付き飾り燭台《ジランドール》をのせるための二台の燭台置き《ゲリドン》、六本の腕のある二五〇キロの特大シャンデリア、暖炉を飾る二台の薪載せ台、壺や香炉で飾った暖炉の上部の縁飾り《コーニス》、「三ピエの高さの」四個の水盤と壺の揃いである［ピエは〇・三二四メートル］。

大きさや細工の質が似かよったもっと多くの作品が、大ギャラリーを飾っていた。湯水のように金が使われ、金銀細工の職人に出される注文はとどまるところを知らないかに見えた。ヴェルサイユはたしかに銀で満たされていた。

一六八六年にはまだ出された注文が伝えられ、一六八九年一二月一三日に王が信じられないような発表をしたときも、ゴブラン織工場のアトリエではせっせと仕事が続けられていた。国王陛下は銀の調度品の溶解を命じたのだ。欄干も香炉もテーブルも…だれからも称賛された品々が破壊されることになった。ル・ブランのデザイン画から生まれた、魅力的な金銀細工の見事な造形の数々が、永久に消えさろうとしていた。多くの人々が、これほど貴重な品々の「火刑」を信じなかった。スーシュ侯爵が書いている。「もっとも美しいものは溶かさないで、そうしたフリをするだけだと考えた人々もいた」

この犠牲について、王は理由を説明した。王国がアウクスブルク同盟戦争に参戦したため、戦争がひき起こす出費のために財源を増やさなければならないことになった。貴金属の溶解による収益もその一つである。こうした犠牲に服すのは、王だけではない。一二月一四日の王令は、聖職者もふくむ個人に、彼らの金銀細工を金属に変えることで戦争に協力するよううながした。

信じられない人々は、王がきっと考えを変えてくれるだろうと願い、実施が遅れているあいだに国が戦争に勝利して政府がおちつけば、そのまま沙汰止みになってしまうだろう、と期待した。奢侈禁止令というものは、死文化したままになることが多いのではないか？　みなまちがえていた。ヴェルサイユのアパルトマンから銀製品がすべてもちだされ、溶解がはじまった。「造幣局には非常に多くの銀製品がもちこまれたので、全部を一月中に溶かすことはできなかった。王は期限を二月末まで伸ばすことにした」とダンジョー［廷臣として仕え、『ルイ一四世の宮廷記録』を残した］が記している。王の宝物を最後まで溶かすには、さらに三か月が必要だった。食器類と金の線細工だけが残っていたが、それももっと後の一七〇九年に処分された。

溶けてできた二〇トンはむなしく終わった。王は銀の調度品のために一〇〇〇〇万リーヴルを使っていたので、それを犠牲に捧げることで六〇〇万は得られるのではないかと期待した。しかし、二〇〇から三〇〇万にしかならなかった。ルイ一四世とその閣僚たちは、どうしてこんな期待はずれの作戦をくわだてることができたのだろう？　王の愛国的な行為は、戦時の要請にこたえただけのものだったのだろうか？　自分の治世の芸術的創造の一部を犠牲にする覚悟のある君主の、執着のなさに驚いた側近もいた。

新たな財源を探すことに比べると政治性は低いが、王の趣味の変化によっても、このような犠牲を説明することができるだろう。五四年間の親政のなかで、人も知るように王の趣味は変遷した。時とともに、洗練された。一六八八年一二月からは、大ギャラリーに、銀ではなく、彫刻と金めっきをほどこした木製のテーブルの脚や小燭台置きが届けられるようになった。

ヴェルサイユが多くの銀で飾られていた、というのは伝説ではないが、この宮殿の歴史におけるほんの一時期のことだ。一六八二年に王の住居に最終的に配置されたこれらの傑作は、細工の点でも材質の点でも貴重なものだったが、造幣局の炉のなかで消えさるまで、たった七年の寿命だった。太陽王の調度品は、ヨーロッパ中の宮廷を感嘆させ、羨望させ、模倣させた神話でありつづけた。だが、ヴェルサイユにおいては、ほんとうのところ、宮殿を飾っていたのはそれがすべてではなかった、といわざるをえない。

原注

1　松明《たいまつ》や枝付き燭台《カンデラーブル》や壺などを置くことができる円形のトレイがついたテーブルより高い位置の縦型の置き台。
2　異なる高さに配置された数本の枝のある燭台。
3　脚部、注ぎ口、側面の取っ手がついた大型の壺。
4　あるいは香炉。
5　金銀の細い糸を編みあわせて透かし模様になっている。
6　作品は鉄の枠で補強されることもあった。

12 ヴェルサイユに労働者はいなかったのか？

「それに命をあたえる王が『宮殿よ、あれ！』と言われた。するとたちまち地面から見事な宮殿が生まれ出た」

シャルル・ペロー

「その人（ルイ一四世）のために仕事をした職人や芸術家たちは、すばらしい報酬をあたえられるだけでなく、自分たちの努力が、自分たちを理解し、その技術や仕事を愛し、自分たち自身も愛してくれて、友情と愛着を約束してくれるような人物に評価されるのを知っていた」
ルイ・ベルトラン［一八〇七―四一、詩人、『夜のガスパール』で知られる］

ヴェルサイユで活躍した芸術家や工芸家について、歴史はその名前をとどめ、彼らの経歴を語り、彼らのスタイルを分析した。建設工事の労動者たちには、そうしたチャンスはなかった。当時のエリートが無視することを望んだ、名もなく、下層のしがない民衆の一人である彼らは、ヨーロッパ一の大建設で忘れられた人々である。ル・ヴォーやアルドゥアン＝マンサールやル・ブランあるいはル・ノートルのような才能がなかったら、ヴェルサイユは、外国の宮廷がうらやんで模倣しながらも、決して肩をならべることができないような、世界でもっとも威厳のある宮殿とはならなかっただろう。だが、大勢の石工や土木工事の労働者、石切り工夫といった熟練労働者や、石を地面から掘りだす下働きの労働者がいなかったら、ヴェルサイユはどうなっていただろう？　同時代人が語った話のなかに彼らを探してもむだである。そこには労働者は不在で、その総人数に驚くときだけしか問題になっていない。歴史家たちも長いあいだ無視していた。ヴェルサイユはルイ一四世の頭のなかで完成されて出てきた「魔法の城館」（一七世紀フランスの建築家で美術史家のフェリビアンの言葉）で、そこに労働者はいなかったのだろうか？　例外として、ファン・デル・メーレンの絵画が一点と、ファン・ブラーレンヴェルフのグワッシュが一点、彼らが働いているところと、事故の犠牲となったところを描いているが、そのほかに描かれた資料はほとんどない。手書きの文書はそれほど秘密主義ではない。彼らの足跡について書いたフレデリック・ティベルギエンは、世紀の大建築の無名の作り手たちを生き返らせることができた。

数字はめまいを起こさせる。ヴェルサイユ、それは運びこまれた何百万立方メートルもの土、何千トンもの切り出された石、一二万平方メートルの屋根、二〇〇〇以上の窓、六七の階段、一一〇の中庭と地下室、一五〇〇以上の部屋…。ほんとうには終わることのない工事が行なわれているあいだも、宮廷のかつらをつけて式服を着た貴族たちは、おそらく宮殿を建設し、拡張し、装飾をほどこしている人々にたえず出会っていながら、彼らを見ることはなかった。ほぼ永遠に続けられている建築工事の現場では、つねに豊富な労働力が必要だったが、命じた仕事が少しでも早く完成するのを見たくて待ちきれずにいる王のため、それはよりいっそう必要となった。

最初はパリやイル＝ド＝フランスから、そしてもっと向こう、リムーザン、ベリー、ノルマンディ、さらにはイタリアやフランドルといった外国からもスペシャリストを集めたが、働き手には正真正銘のヒエラルキーがあった。石を扱う職業のいちばん下は、現場の近辺から集められて力仕事をする人々で、全人員の半数を占めた。能力があれば、徒弟となり、修行が終わると職人［親方と徒弟のあいだ］の身分を取得し、石をつなぐのに石膏を使うなら「左官《マソン》」、漆喰あるいは土を使うなら［その仕事にリムーザン地方の者が多かったため］「石工《リムーザン》」とよばれた。もっと熟練は石切り職人《タイヤー》あるいは石割り職人《シャー》、頂点は石工頭と現場監督《ピッカー》（ぼんやりしている労働者を刺激《ピッケ》する、つまり注意する）で、一種の現場の最高責任者として、使用する資材に責任をもち、彼らのもとで働いている労働者のチームを監督した。

ほとんど中断することなく動いていたヴェルサイユの工事は、多くの人手を貪欲なまでに要求した。必要な労働者を供給しなければならないという心配が、国王付建設局長官の頭を離れることがなかった。季節労働者として、近隣の農民を雇ったが、夏になると野良仕事、干し草作りや刈り入れのために現場を離れてしまうという心配があった。一六六〇年代の最初の工事のときから労働者の徴用も行なった。そこで、周囲三リューから四リュー［リューは約四キロ、ほぼ日本の里にあたる］以内にある村々に、できるだけ多くの人を出すよう命令をくだし、近くの採石場で「石を掘り出す」あるいは「敷石を作る」作業に出来高払いであたらせた。

工事に必要な人員があまりに多かったため、一六七八年のナイメーヘンの和約の後は軍隊にも人手を求め、コルベールの後の建設局長官であり、陸軍卿でもあったルーヴォワが、かなりの人数をヴェルサイユの工事に配属した。土地造成工事というもっともきつい労働が、この動員しやすく、平和な時期には必要な数がそろう労働者たちにあたえられた。ヴェルサイユは彼らに負っている。とりわけ「スイス衛兵の」と名づけられた泉水は、スイス人衛兵隊によって一六七八年から八二年のあいだに掘削されたものである。そして壮大な新オランジュリー、一六九六年のマルリー宮殿改築、さらにはウール川の工事には二万人を超える兵士がたずさわった。労働力をむさぼった太陽王の宮殿も、女性や子どもは働かせなかった。

工事の日課は、穏やかな季節には朝五時にはじまって一九時に終わった。冬季は六時から一八時までである。休憩して食事をする時間が二度、九時から一〇時と一四時から一五時まで。したがって、労働者たちは日々、一〇時間から一二時間働いた。月曜日から土曜日の正午までだ。祝日を除くと、就業日は年間二二〇日となった。職務を規定する王令に従い、また教会の掟に合わせて、日曜日と祝日は働かない。しかし、悪天候などで仕事が遅れると、例外が必要となったが、それには宗教的権威の承認を仰がなければならなかった。原則として、夜間の工事は禁止されていたが、実際にはかなり行なわれ、ときには追加の報酬が支払われた。夜間工事がなかったとしたら、「冬の終わりにはじまったばかりなのに、春にはできあがって、もうそれに付属する庭園の花々とともに地面から生えてきた」

ような、磁器のトリアノンの建設の迅速さをどうやって説明できるだろう？
建設にあたっている労働者たちが当時おそれていたのは、今日と同様、［晩秋から冬にかけての］天気の悪い季節と天候の気まぐれだった。そこで晴れているときにできるかぎり前へ進める必要があった。とくに雨、雪、凍結は、建設の進捗の障碍となった。そうなると労働者たちは仕事をやめて、現場を離れようとする。王には大迷惑だった。

なにがなんでも冬のあいだに実現しなければならないような工事に災いあれ！　施主に辛抱がないと、不手際が起こることがよくある。たっぷりと降った雨が、それを防ぐためのオイルシートにもかかわらず、磁器のトリアノンの屋根の装飾や天井画をそこなった。ルーヴォワも、凍結が王の小アパルトマンの仕事の「いちじるしい遅滞」の原因であることを認めざるをえなかった。屋根のあるところでの作業でも、とくに「金泥を塗る作業は、火を使わなければ乾かないし、使えば乾きすぎた」からである。

未熟練労働者たちの給料は、石工、大工、配管工など仕事の種類や働いた日にちで計算されたが、その職業や熟練度によってじつにさまざまだった。単純な作業員には、日に二〇ソル、職人（大工、水道工事人、石工）には三〇ソル、親方には四〇から五〇ソルが支払われた。年間にすると、それぞれ二二〇リーヴル、三三〇リーヴル、四四〇から五五〇リーヴルとなる（二〇ソルまたはスーが、一トゥール・リーヴル［硬貨が一三世紀までトゥールで鋳造されていたため、その後もそうよばれた］）。だが、外国から来た親方や専門家はもっと高額を受けとっていた。給料は二週間ごとに、大抵土曜日に支払われた。祝日は悪天候の日と同様に無給で、労働者の購買力をそこなうことになった。悪天候の場合に彼らが現場を離れないようにするため、ときには仕事をしない日にも報酬を払う必要があった。

当時、労働者たちがちゃんとした生活ができているかを気にする同時代人は、ほとんどいなかった。最低の賃金のほとんどすべては、食糧と住居に使いはたされた。石割工、労働者、下働きの未熟練労働者が手にしたのは、なんとか暮らすのがやっとの額だった。さらには全員が常勤だったわけではなく、雇用が断続的であったり、祝日が多かったりすること、また病気や作業中のけがなどが、健康保険（一九二六年に生まれた）も有給休暇（一九三六年に生まれた）もなかった頃、彼らの物質的条件を非常に不安定なものにした。建設現場で雇われた兵士たちには、彼らが軍人として受けとる俸給と重ねて支払われたので、なんとか食べることはできた。しかし、合計してもなお民間の労働者より低賃金だったので、仕事に出てこないことを防ぐために、ときには特別手当を出したり、病気の場合など、例外的な特別処置として有給にしたりすることもあった。

これだけ多くの労働者に現場での宿を提供することも建設局長官にとってやっかいな問題だった。民家への宿営は当然とはいかない。街のホテルや旅籠屋《はたごや》はあったが、彼らの給料に比べて高すぎた。そこで大運河か宮殿近くにテントを張るか、木材の小屋を建てるしかない。もっとも、一六八四年には、住むことができる一連の小屋が、宮殿の東側の鹿の苑近くにある広大な敷地にあった。かつての狩猟用の倉庫であり、扉が閉まるようにもなっていた。それはおおげさにもリモージュホテルと名づけられ、その跡地は現在リモージュ通りとして名残をとどめている。隊商宿のようなもので、労働者たちを収容する施設として、そこにはかまども井戸もパン屋もあった。彼らはそこに手ごろな値段で宿泊することができた。

現場がうまく運営されるためには、食料品の値段が需要の多さによって急騰しないようにする必要があった。そこで食品の公定価格が決められ、それぞれの品目について最高価格が定められた。

宮殿と庭園の労働者たちについて、管理者側が注意をはらっていても、暴動や散発的なストライキは避けられなかった。不十分な給料と増える税金が不満をひき起こしたが、監督する側は軍隊の存在が抑止力となってそれを静められるだろう、と考えていた。現場の仕事を円滑に進めるには規律が必要だった。窃盗、殴りあい、侮辱的行為が日常茶飯事だったからだ。

労働者も現場の監督者もそれぞれが工事中の事故をおそれていた。事故は数多く、年に五〇人ものけが人が出るマルリー機械建設現場のように、ほかよりさらに危険な場所があったとはいえ、どの現場でも起こっていた。土木工事に従事する労働者、石切場での採石作業員、安全装置なしで高い場所で作業する大工や屋根葺き職人などの事故は命にかかわるものだった。負傷者や死者には賠償金が用意されていた。だが、家族の食費だけは補償されるとしても、あまりに少ない額だった。一時的にせよ仕事を中断すれば、家族は悲惨な状態におちいった。大や父親の死亡はなおさらだ。ヴェルサイユの建設現場では年間八〇人の負傷者が出た。四〇年間で三二〇〇人である。宮殿についての批判資料集には、けがだけでなく、池の腐敗した水からの発散物（これは王家の人々もまぬがれなかった）や、土地造成、建設現場の粉塵による病気もくわえなければならないだろう。マラリアと腸チフスは、ヴェルサイユの不健康な生活環境から生まれた子どものようなものだった。年代記作家たちはみなそのことを語っている。

病気や負傷者や死者の確かな明細はわからない。だが、歴史家たちは異口同音に、ヴェルサイユ宮殿が命を奪った人数は、直接的な事故によるより、ここを好みの地とした感染症によってのほうが多かったと言っている。

死者を隠した同時代人と同様、歴史はあまりに長いあいだ、工事にたずさわった人々の骨折りと苦しみを忘れていた。彼らは王に仕えた。自分たちがフランスの威光に貢献したことは知らない。

13

ヴェルサイユはむだなぜいたくだった

「かぎりない権力をもっていたルイ一四世は、それを使って人民から引き出せるだけのものをすべて引き出し、使いにくいだけでなく、民衆にはほとんど役に立たない建物についやした」

シャルル＝オーギュスト・ド・ラ・ファール

「もしルイ一四世が崩壊する彼の宮殿にかかった二〇億の金を道路や運河に使っていたなら、フランスがローの破綻［スコットランド出身の資本家ジョン・ローは、ルイ一五世の摂政時代、財務総監となり、王立銀行を設立したが、紙幣の乱発により最終的に経済恐慌をまねいた］も、その帰結も経験することはなかっただろう」

ヴォルネ［一七五七―一八二〇、政治家、思想家］

ヴェルサイユに莫大な費用がかかったことは、決まり文句のようにたえずくりかえされる。宮殿の初期の拡張のときからすでに、そのけたはずれの金額が問題にされた。宮殿の誹謗者のなかには、王の館に飲みこまれた富は万人に役に立つ工事に使ったほうがよかったと主張する者もいた。ヴォルネの言うように、道路や運河、あるいはまったく別の施設に役立てればよかっただろうか？　非難はいきすぎだ。宮殿の建設がそれなりに、どれだけ国家の財政に役立ったかを忘れている。

「王が建設にかけた費用は莫大だったが、それはパリの無数の職人たちを養った」と、のちに財務総監となるニコラ・デマレも一六八六年に認めている。だが、この証言が言及している芸術的な職業より先に、ヴェルサイユは建設にたずさわる労働者を雇った。全員が近くのイル＝ド＝フランスの出身者だったどころか、国中のあちこちから来ていた。あらゆる種類の未熟練労働者がそれで、季節労働者が夏のあいだに雇用を求めてやってきては、つつましく暮らしながら働いて、そこで手にしたものを冬の初めに家へもち帰るのだった。つきることなく労働力を供給する地方もあった。石工と石割り工の三分の一が中央山地の西の出身だったが、ピカルディやノルマンディからの人々もいた。ヴェルサイユで働くために、大工や指物師たちがパリ盆地の東から家族を置いて出てきていた。こうした労働力を募集するため、国王付建設局長官だったコルベール、ついでルーヴォワは、王権を介して地方長官に照会し、ある地方には腕のいい大理石工を、またほかの地方には「パリ近辺で作られる質の悪い煉瓦より、上質でよく焼けた煉瓦を作る」職人を求めた。

あくことなく消費された建築資材も、宮殿は王国全土にちらばるさまざまな納入先から求めた。王立の森林や採石場から——王はこれらをピレネーにいくつも所有していた——木材、大理石、スレート、石が運ばれたが、民間の所有地にも頼った。その現場でも、大理石の採取作業員、石切り人、林業従事者たちが働くことになった。ルーアン、リジュー、ヌヴェール、サン＝クルー、そしてパリの陶器製造業者からは、「磁器の」といわれたトリアノンを飾るために必要なノウハウを手に入れた。ヴェルサイユの庭園を造るためには、フランス中の苗床からニレ、イチイ、カバノキ、カエデ…を買い集めなければならなかった。

運送業者たちも地方での買い付けから利益を引き出していた。財務総監は彼らと、陸上や河川での運搬の条件を明確にした、高額なとりきめを結んだ。こうした契約の大部分には、大量の物資が関係したので、相当の金額が投入されたのだ。一六八四年にポール＝マルリーの石をヴェルサイユまで運ぶのに、一〇〇〇頭の馬車用と労役用の馬、荷馬車、装備が必要だった。一七一四年二月、ある運送業者は六〇〇〇リーヴルの前払金を受けとってピレネーの大理石をボルドーまで運び、それからルーアン行きのフリゲート艦にのせている。ルイ一四世の宮殿建設のおかげで、運送会社は納入業者とともに、儲かる商売を見つけたのである。

加工業にかんして、ヴェルサイユはコルベールの主義に従っていた。海外から買うのを減らすために、国内生産を育成するというものだ。それまでは、大理石はイタリアのカララから、ガラスもイタリアのムラノから、タペストリーはブリュッセルから、銅はスウェーデンから、石炭はイギリスから、ビロードとブロケード［金糸・銀糸で浮き模様を織り出した豪華な絹織物］はジェノヴァから輸入していたが、もしこのような購入法を一新することができたなら、と考えたのだ。これらの品々のヨーロッパでの評判は、すぐれた品質と、製造会社の健全な経営を保証するものであり、注文した数量をより早く手に入れられることが確実だった。しかし、ヴェルサイユはフランスのものを買うよう努力した。そのために、原材料の徹底的な探索、技術向上のためのたゆまぬ努力という代価を払い、さらには外国の競争相手に対する産業スパイもあったかもしれない。

宮殿と庭園のための、大理石の需要は途轍もない量だった。大理石はあちこちにあったが、質や色はさまざまだった。トスカーナのカララのものはならぶものなくすぐれているが、おそろしく高価だった。そこで、ピレネーのとくにカンパンとサランコリン、ブルボネ地方、プロヴァンス、ラングドックといったフランスの土地から掘り出した岩を利用することを考えた。

コルベールの尽力がつねに実を結んだわけではない。一時配管に用いられた鉛と、最初屋根に使われたがすぐに断念された銅を――これをフランスでは希少な錫と合わせれば彫刻や家具向けのブロンズを作ることができる――国内で探させた。しかしながら、「なにもかもがフランス国内で見つかれば嬉しいと思っていた」大臣の希望はくじかれた。「採掘の費用が生産物の値段をはるかに上まわっていた」と彼の協力者も見積もっている。したがって、「イギリスで鉛や錫、スウェーデンで銅を買うほうが、フランスで採掘しようとするよりずっと妥当である」、と判断するしかなかった。

このような困難にもかかわらず、コルベールもルーヴォワも、輸入ではなくフランスの資源を使いたいと腐心しつづけた。したがって、ニヴェルネ地方やノルマンディやシャンパーニュの製作所で泉水や噴水に使われる無数の水道管を作らせ、イタリアにではなく、パリやリヨンやトゥールの工房にビロードやブロケードを注文した。大運河上の散策に使う二隻の小型帆船を、ル・アーヴルの造船所ではなくイギリスに頼んではいるが、その彫刻と金箔張りはフランスの職人にまかせるよう、気を配っている。

鏡とガラスの製作について、コルベールはムラノの工房から独占権をとりあげることに成功した。一六六五年にはヴェネツィアの職人たちをフランスに引きぬく。七年後、ガラスの輸入を禁止する。競合するにせよ相補うにせよ、国立にせよ民間にせよ、国内で複数のガラス製作所が開業した。ピカルディーのサン゠ゴバン、シェルブール近くのトゥーラヴィル、パリのフォーブール・サン゠タントワーヌのトゥルラヴィル、ブルゴーニュのレジンヌ、シャンパーニュのモンミレイユである。早くも一六六六年には、最初の欠点のない鏡がそれらの工房から生まれ、次いで最高の挑戦である、大きいサイズのものを造ることに努力がそそがれた。

ヴェルサイユはフランスで製造された鏡とガラスの最初の得意先だった。こうして大階段または大使の階段は、空からの明るさをもたらすガラス張りの大天井をそなえ、技術の快挙と認められることになった。大ギャラリーでは、分割された鏡が、まだささやかな大きさだが、窓の反対側の壁面の一七のアーケードに嵌められる。大理石のトリアノンまたは大《グラン》トリアノン［磁器のトリアノンが大理石で建て替えられ、のちに小《プティ》トリアノンができてこうよばれるようになった］では、暖炉の上部で向かいあわせになったものと、窓の間の飾り鏡《トリュモー》に使われている鏡が、製作技術の進歩を証明している。

ヴェルサイユの建築工事はフランスの産業を刺激しただけでなく、数多くの技術の進歩をうながした。新しいテクノロジーにあふれる現代のわれわれの目には、たいしたことがないように見えるが、入念な洗練されたものもある。庭園に花を供給する温室の改良、一晩で花壇の花を変えることができる大理石のトリアノンでの砂岩の植木鉢の使用、また、吹いて製造するより大型の「ヴェネツィア風の」ガラスを製造できる、流しこんでローラーで平らにする方法[1]、木製や鉛製に変わる鋳鉄の配水管、ほとばしる水量を調節し、貴重な水をむだにしないコックの登場、ポンプや、ジャッキと三角の天秤架を組みあわせたマルリー機械による揚水、より効果的な貯水槽の防水…。

だれもが知っているように、ルイ一四世の宮殿には政治的役割があった。ヴェルサイユにはまた王国規模の経済的役割もあって、豊富でさまざまな労働力に仕事をあたえ、国中に分散する納入業者に発注し、国の富と元首の栄光を期待する商業・産業政策に寄与した。それなのに、われわれが集団の記憶としてヴェルサイユに見てしまいがちなのは、気が向いたときは自身も宮廷人だったにもかかわらずヴォルテールがイメージしていたような、大勢の貴族たちだ。「白粉をつけて、王が何時に起床し何時に就寝するかを正確に知り、大臣の控え室では奴隷を演じながらも堂々としたフリをする」。こうした「カメレオンのような連中、主人の猿まねに終始する連中」を迎え入れた宮殿の建設が、いかに王国の経済に有効だったかを忘れている。

原注

1　高さ四〇—四五プースから（一プースは約二・七センチメートル）六〇—八〇プースへ、ついで一八世紀には一〇〇プースまで大きくなった。大ギャラリーのガラスは転換期にあって、三四×二六プースである。

14　ヴェルサイユは信仰篤き王の住まいだった

「一〇時から正午まで王は説教に耳を傾けられる、いつも王妃とともにご家族で、ミサに出席される時間である」
プリミ・ヴィスコンティ

宮廷の大物説教師として、フレシエ、マスカロン、ブルダルー、マシヨンそしてボシュエがいたが、そのなかでおそらくもっとも高名なのが、フランスの古典的著述家の巨匠ボシュエである。もっとも美しい弔辞の大家（とくに、若い王弟妃《マダム》アンリエット・ダングレテールの急死を悼む「マダムがお亡くなりになる、マダムは亡くなられた」）で、ルイ一四世の治世に非常に深くかかわっていたので、多くの人々は宮殿の礼拝堂――現在、北の翼棟のはじまりのところに建っている――で説教をしていたと想像している。ところが、ボシュエは一七〇四年に他界しているので、一七一〇年に聖別された内陣が完成するのを見ることがなかった。治世も終わりに近づいた頃で、王がこの王室礼拝堂を利用できたのも、長い人生の最後の五年間だけである。ヴェルサイユはそんなに長いあいだ礼拝堂なしでいたのだろうか？　篤い信仰の持ち主の住まいが礼拝の場所を倹約していたというのだろうか？　答えは否であるが、困惑させるものだ。一七一〇年まで、ヴェルサイユには仮の礼拝堂しかなかった。信仰篤き王［フランス国王の外国に向けての正式名は、信仰篤きフランスおよびナヴァールの王という］は自分の宮殿において、神聖な場所を軽視していたようにも思われる。

すでにルーヴル宮でも、宮殿内に礼拝堂がなかったので、若い王がミサに出席するのはサン＝ジェルマン＝ロクセロワ教会で、毎日正午に、かごに乗るか徒歩でそこへ行ったものだ。母である敬虔なアンヌ・ドートリッシュが建築家ル・ヴォーに命じて、現在の時計のパビリオンのなかに礼拝堂を作らせるのは、一六五九年まで待たなければならなかった[1]。ボシュエはそこで、一六六二年の四旬節と一六六五年の待降節に説教を行なっている。

この時期、ヴェルサイユにはルイ一三世が建設した城館の四つの角のパビリオンの一つ（北東のもの）のなかに質素な礼拝堂があった[2]。次いで、ル・ヴォーが包囲建築を実現し、ル・ブランが大アパルトマンの装飾をはじめた時期に、礼拝堂は王妃のアパルトマンの側である南棟に出現した（一六七二年）。それからもう少し東寄りの隣の部屋に移された（一六七六年）[3]。だがそれも少しのあいだだった。南の翼棟の建設のために、立ち退きを余儀なくされたのだ。この新しい翼棟と主屋とのあいだにあって、交通の邪魔になったからだった。そこでまたしても移動させられた。

早くも一六八一年には、マンサールが王妃のアパルトマンとは反対の北側、王の大アパルトマンの端とテティスのグロットのあいだに新しい礼拝堂を建設した。この四度目の礼拝堂は、一六八二年の宮廷移転に合わせて大急ぎで完成された。この宮殿ではじめてのこととして、今度の礼拝堂の建物は外部からも見えたが、——屋根の先端の大きな十字架でそれとわかった——それまでの礼拝堂は、建物の内部に没入していた。だが、一六八五年から北の翼棟ができて、この礼拝堂もまたその内部に吸収されることとなった。まだ機能しはじめる前から仮のものと考えられていたが、一階と二階が吹きぬけになっていて、現在のエルキュールの間の位置にあった。[4]

王の治世における大きな宗教的儀式は、今日われわれが訪れる王の礼拝堂ではなく、ここで行なわれた。高名な王室説教師たちの雄弁な言葉は、ここで響いていた。王家の洗礼式、結婚式、葬儀が行なわれたのもここだった。

このかりそめで、狭すぎる建物は、しばらく生き残ることができた。一七一〇年までの三〇年。これだけ長かったのは、王国の財政難のせいであり、来るべき建物が生まれるのに時間がかかったからである。王は宮廷を移転してから七年後の一六八九年にはすでに、首席建築家に新しい計画を命じていた。時期がよくなかった。アウクスブルク同盟戦争がはじまったばかりだった。戦争のせいで新しい礼拝堂の建設は中断され、一〇年後に平和条約が結ばれるまで再開しなかった。マンサールは丸天井のあるもの、二層の列柱のあるもの、と次々にいくつものプランを練ったが、結局、設計条件に合う宮殿付属礼拝堂の形を選ぶことになった。

隣接する建物と独立した建築として、現在の礼拝堂は主屋の北棟と北の翼棟の作る角のあたりに設置された。王のアパルトマンから同じ階で直接行けるように、王の席は階上を占め、階下は宮廷人に解放されていた。経済を考えて、内装は白と金で統一され、大理石と彩色は床にだけにかぎられた。王は「建物全体と彫刻による装飾のためにできるだけ白い石材を」選んだ。一七〇二年、基礎工事が終わり、彫刻家たちが仕事をはじめた。一七〇五年には屋根に使われる鉛の装飾が製作された。次いで、高さ二メートルの二八体の大彫像が建物の周囲をとり囲んだ。マンサールは一七〇八年に死亡し、その義理の弟であるロベール・ド・コットが建物を完成させる。新しい聖堂は聖別され、以前のものはとり壊された。

毎日決まって、王は時間どおりミサに出席した。一〇時ごろ、部屋を出て、同じ道筋にしたがい、大アパルトマンの部屋部屋を通りぬける。王は礼拝堂の特別席からミサを聞いた。王の家族や高官たちは側壁にある席を分けあった。宮廷の大部分は一階を占めたが、そこへ王が降りるのは、聖体拝領の宗教的な大祭典か、司教が司式するときだけである。彼に続く王たちも――ルイ一五世は曽祖父の時間厳守を引き継がずに自由な時間帯ではあったが――毎日のミサに出席した。

敬虔なキリスト教徒であって、地上における神の代理人たる王の居所として、ヴェルサイユは宗教的儀式の背景を提供し、ルイ一四世はそうした儀式を決して怠らなかった。奇跡を行なう人、つまり治癒の奇跡を起こせる資格をもつ王は、その祖先と同様、治してもらえるという希望をいだいて集まってくる多くの瘰癧《るいれき》［結核性頸部リンパ腺炎、フランス王はこれを治す力があるといわれていた］患者にふれることを熱心にした。この接触は、「王が汝にふれ、神が汝を治す」という文言をともなって、ランスでの戴冠式の翌日に行なわれたが、毎年の大きな祭典の際、そして王の聖体拝領の際にも行なわれた。また毎年の聖木曜日［復活祭前の聖週間の木曜］には、キリストが最後の晩餐の日に使徒たちの足を洗ったのにならって、衛兵の大広間で、使徒の人数である一二人の貧しい子どもたちに対して洗足式を行なった。

ヴェルサイユで暮らしたブルボン家の三人の王は、こころして、外から見える宗教実践を大切にした[5]。全員が日々のミサを欠かさなかったが、最愛王とよばれたルイ一五世と一六世は、一七一〇年にできた石造りの見事な聖堂で出席したのだった。

前述したように、この礼拝堂が建設されるまで、ルイ一四世は仮の礼拝堂でまにあわせていた。マドリードでもエスコリアルでも礼拝堂を囲んで宮殿を建てたスペイン王のようには、宮殿の中央に聖堂を置くことは決してしなかった。だが、信仰篤き王は、宮殿内部の配置の問題で長いあいだ犠牲にしたとはいえ、神の家をなおざりにすることはなかった。そびえる新礼拝堂の屋根の頂きは、以前の礼拝堂の埋めあわせをするかのように、隣りあうどの屋根よりも高い。人はそこに神の王に対する支配を認めることができる。これだけ長いあいだ、決定的な礼拝堂をもたなかった宮殿において、信仰篤き王が最後に建てた礼拝堂は視覚的に強い印象をあたえるものである必要があったのではないだろうか？　したがって、治世の夕暮れ時にあって、礼拝堂は、王の宮殿の上の、王権は神から授かった神聖なものであり王は神に聖別されているということを思い出させる、石でできた印だった。

原注

1　ノートルダム・ド・ラ・ペと聖ルイに奉じられた礼拝堂。

2　したがって、宮殿に向かって右手の最初の建物。

3　のちに衛兵の大広間となる。

4　版画や絵画にそのようすが残っている。なかでもアントワーヌ・プジーは、王が一六八五年一二月一日、カルメル会ノートルダムとサン＝ラザール協会の首長としてダンジョー侯爵の宣誓を受けている場面を描き、アントワーヌ・デューは一六九七年の、王の孫であるブルゴーニュ公とマリー＝アデライード・ド・サヴォワの婚礼を描いている。

5　ルイ一五世は一七三七年以後、瘰癧患者にふれることはなかったのではあるが。

15

ヴェルサイユではギリシア・ローマ神話が全面的に支配していた

「太陽は王の紋章の銘であり、詩人たちは太陽とアポロンを混同しているので、このすばらしい城館には、この神と関係のないものはない。それゆえ、そこにあるどの彫像も装飾も偶然に置かれたのではなく、太陽あるいはそれが置かれた固有の場所に関連している」　アンドレ・フェリビアン

ディアーヌ（ディアナ）とヴェヌス（ヴィーナス）、サテュルヌ（サトゥルヌス）とメルキュール（メリクリウス）、マルスとジュピテール（ユピテル）、そしてとりわけアポロン。彼らは宮殿の内部においても庭園においてもヴェルサイユの重要な住民である。それを疑うなら、王の大アパルトマンの天井を見上げるだけでいい。そこでは、まるで神話の神々や女神たちが会合を開いているようだ。ディ

アーヌは航海と狩猟をつかさどり、ヴェヌスは神々と力ある者たちをその帝国に従わせ、マルスは狼に引かれた二輪の戦車に、メルキュールは二羽の雄鶏に引かれた戦車に乗り、アポロンの戦車には四季を象徴する神々がつきそっている。「王のアパルトマンの七つの部屋の絵画の主題として、七つの惑星が選ばれた」とフェリビアンが証言している。

庭園ではどうだろうか？　ラトーヌの泉水の根元には、おびえる子どもたち、ディアーヌとアポロンを抱きよせているラトーヌが、この地の主人に懇願しているように見える。王の散歩道の反対側の端では、またしてもアポロンが、クジラと法螺貝を吹くトリトンたちをひきつれて、四頭の馬に引かれた二輪戦車を水のなかから出そうとしている。王の道を出て、脇の道に入ってみよう。どの交差点でも四季の神々であるフローラやケレス、バッカス（ディオニュソス）やサテュルヌがわれわれを待っている。かつては、テティスもそのグロットのなかで、休息をとるアポロンとその馬たちを迎えていた。もっと先へ進むと、巨人エンケラドスが、彼を押しつぶす岩からのがれ出ようとしているし、ニンフの泉水では、一一人の輝くばかりの乙女たちが楽しそうにたわむれている。

石や大理石の神々や女神たちでいっぱいの庭園のなかをさまよい、大理石の内庭で正面のファサードのアティックに目をあげれば、マルスとエルキュール（ヘラクレス）がわれわれを迎える。これでまちがいない。神話は、ヴェルサイユの住民たちの忠実な伴侶であり、アポロンと一つになった太陽のテーマ——神権のイメージ——がいたるところを支配しているようだ。ルイ一四世の同時代人はそれを肯定していた。碩学の歴史家たちが太陽の神話をヴェルサイユのイコノグラフィーを解釈する鍵とし、その結果、早計な一般の人々も、宮殿の装飾はすべてがアポロンの象徴である、という単純化を行なった。ルイ一四世が太陽を紋章に選び（それを使ったはじめての君主ではなかったが）、地球の上に炎と輝く顔をともなったその銘Nec pluribus impar[1]を選んだこと、ルイは一五歳のときからすでに、宮廷の祝宴でアポロンの役を演じたことを見れば、疑問の余地がない。だがヴェルサイユには太陽に関連したものしかないという意見を認めるのは、いささか決論を急ぎすぎである。

それぞれの広間が太陽系の惑星にささげられ、大アパルトマンの天井のヴォールトや四隅には、その惑星に関連した古代の偉人や神話の英雄たちがいるが、それだけでなく「国王陛下の行為」にも深くかかわっている。だからこれらの天井画が、古代世界の専制をまぬがれていることも多いのだ。絵画にせよ彫刻にせよ、細部は当時の史実によっている。たとえば、マルスの間の四隅にみられる軍旗は、ルイ一四世が一六六四年のオスマン帝国に対するセント＝ゴッドハールドの戦いに参加した記念であり、船の船首はインドにおけるフランスの商業的存在を思い出させる。

大アパルトマンの装飾とは違って、同時代に作られ、のちにルイ一五世下にとり壊された大使の階段には、オリンポス山の神々や古代の英雄はいなかった。天井の装飾は雄弁である。四つの大陸、軍艦の船尾、敵から奪った戦利品とミューズたち、装飾は戦士として、勝利者として、ナイメーヘンの平和（一六七八年）の幸運な享受者として、また芸術の庇護者としての王をたたえていた。

大ギャラリーあるいは鏡の間［鏡の間というのはのちになって名づけられたもので、当時は大ギャラリーとよんでいたようだ］については、王を囲んで秘密の会議が開かれ、図像の選択を行なった。神話の寓意ではあまりに暗示的すぎるとして、会議は王をほんとうの姿で表現することを選んだ。そこで、三〇枚の絵画で、一六六一年から七八年の、親政の最初の一八年の偉業を展開した。王はどの絵にもいる。ローマ風の衣装をつけているが、本人の顔で、かつらを着け、その肩はフランス王家の紋章である白ユリのついたマントでおおわれている。

同様に庭園においても、太陽の主題はヴェルサイユの花壇や泉水を一様に支配しているわけではない。むしろそれは特別扱いを受けているテーマである。北は太陽から無視されている「暗く、混乱した」方向であるのに、王のアパルトマンはそちら側にある。アポロンの伝記は論理にとらわれていない。たとえば、王の散歩道の下では、水のなかから出るアポロンの戦車が、西から宮殿のほうへ向かおうとしている。ヴェルサイユでは太陽が西から出るのだ！ これに季節の反対になった置き方をくわえるべきだろうか？ 秋であるバッカス（ディオニュソス）と冬であるサテュルヌは南に置かれ、北をフローラ（春）とケレス（夏）にゆずっている。

アポロンの神話が論理の逸脱をこうむっているように、「世界でもっとも偉大な王」のふるまいも、それほど一貫していなかった。生涯の終わり近く、趣味が洗練されてきたルイは、装飾のテーマを変えたが、しっかりと確立してしまった図像の習慣を突然ひっくり返すわけにはいかないというわけで、それを実現させたのは宮殿においてではなくて、別館においてだった。高尚で難解なテーマや自分の栄光をたたえたものはすてて、もっと軽い別のテーマを好むようになっていた。それは老いた王が、家族の若い世代、とくに孫のブルゴーニュ公爵の妃で、すばらしく魅力的なマリー＝アデライード・ド・サヴォワの希望に耳を傾けることができたということだった。

このときまだ一二歳だった彼女のために、王は一六九八年、マンサールに動物園の拡張と修復を命じ、そこで午後の数時間をすごせるよう、二棟のアパルトマンを立てさせた。ルイはみずから図像の方針を決めた。「テーマが真面目すぎる、若さがあったほうがいい…」と、神話のエピソードをしりぞけ、建築家には「全体を子どもらしくするように」と命じた。

王の指図は、この建物にもマリ＝アデライード・ド・サヴォワの若さにもふさわしいものだった。これほど快活なプリンセスを、古代の神々で打ちのめす必要がどこにあるだろう？　王は宮殿の装飾も新たな方向へ向けはじめた。一七〇一年の牛眼の間の装飾ではこの美意識が展開されている。神々や女神たちはすっかり忘れられたらしい。

たしかに、ルイ一四世の治世の終わりに改装が中断されていた、大アパルトマンの入り口にあるサロン［前礼拝堂、現在のエルキュール（ヘラクレス）の間］の天井には、一七三六年になってからフランソワ・ルモワーヌによって「ヘラクレスの至上の栄光」が描かれ、庭園の北端にある、未完のままだったルノートルによる泉水に、一七四〇年にネプチューンに捧げられた彫刻が置かれた。しかし、それはルイ一五世にとって、曽祖父の最後の計画を実行するということ以外の意味はなかった。太陽王が姿を消すと、ヴェルサイユにおいてじつは一度も君臨していなかった神話の存在感も薄れていった。

原注

1　訳はときに自由で、「多くの人と同じでない」「ほかに比べるもののない」「大部分よりすぐれた」「だれよりすぐれた」あるいはまた「わたしは大勢に値する」など、数えきれないほどのヴァリエーションがある。

16

ヴェルサイユは王の寝室を中心にして建設された

「二階の中央の部屋、そこには宮殿への道がすべて見渡せる窓がある（中略）それが王の寝室だった」

ノルベルト・エリアス

［一八九七―一九九〇、イギリス国籍のユダヤ系ドイツ人社会学者、哲学者、詩人］

「寝室は、（中略）正確に中央の軸、アポロンの軸の延長にある（中略）。その部屋は、いわば王国の心臓、王政の祭壇であり内陣である。王のスペースは、教会の祭壇のように、部屋のほかの部分と手すりで区切られている。（中略）庭園においては、王＝アポロンが自然を服従させるために水のなかから現れ、宮殿においては、まさに宮殿の中心で、人間の王が象徴的に社会を支配している」

ジョエル・コルネット

大アパルトマンとともに、もっとも訪れる人の多い場所であるルイ一四世の寝室が、城館の中心にあることを、否定する人はいない。どんなにうっかりものの訪問客の眼も、大理石の内庭の奥の主要階［二階］の三個の窓が示すその場所に惹きつけられる。したがって、単純な人は、城館がそこを中心として建設されたと思ってしまう。そしてだれもがその部屋が、昇る太陽のほうを向いている「東向き」ことと、大運河の端にあるアポロンの泉水からアルム広場まで、敷地を東西につらぬく中央軸線上に位置することに気づく。王が太陽の紋章を選んだことからすると、寝室は「偉大なる王のもっとも鮮烈でもっとも美しいイメージ」だと王自身が考えた天体の、毎日の道筋に意識的におかれたのだろう。ルイ一四世はその権力の見事な演出に成功し、自分の寝室を、みずから選んだ王政の象徴体系に適合させたのだと。

外国から来た人ならは、世界中の多くの王宮——マドリードから北京、コペンハーゲンからイスタンブールの——では、王の寝室より玉座の間のほうが重視されていることを指摘するかもしれない。フランスにおいても玉座は権力の印ではあるが、ほかの地に比べて重要度が低い。ヴェルサイユでは、一六八二年に、宮廷が最終的に移ってきてから、玉座はアポロンの間におかれていた。それは銀製で、高さ八ピエ（二・六〇メートル）あったが、再利用のパーツで組み立てられていて、むしろまとまりがなかった。一六八九年にほかの銀製家具とともに溶かされてしまってからは、金箔を張った木製の「ふつうの肘かけ椅子」に替わった。ジェノヴァ共和国の統領《ドージュ》（一六八五年）、シャムの大使（一六八六年）、ペルシアの大使（一七一五年）に敬意を表するために三回、アポロンの間から出されて大ギャラリーにおかれたこともあった。ヴェルサイユでは、国王が不在なら、王国の客人たちは、玉座に対して敬意を表する必要も敬礼も膝を折り曲げたお辞儀をする必要もなかった。「アパルトマンの夜会」の際も、ルイは気どらずにその台座のへりに腰かけて、招待客に向けて用意した音楽やダンスを指揮した。

王の寝室は、それ以上の敬意を要求した。王がいないときは、近侍が夜も昼も寝室を護衛し、何人たりと寝台に近づかないようにしていた。訪問客がそこに入るとしたら？　彼は寝台に敬意を表さなければならない。女性なら深々と膝を折って身をかがめるお辞儀が義務づけられていた。王の神聖な場所として、だれもが品位を保つことが不可欠で、守衛が監視していた。そこに座ること、帽子をかぶったままでいること、髪をとかすこと、嗅ぎタバコをくだくことは禁止だった。実際には、ヴェルサイユにおいてもほかの宮殿と同様に、王のアパルトマンには寝室が二つあった。一方は起床や就寝の儀式や接見、公務を行なうための儀式用、もう一方は「避難所」、王の私的生活の隠れ場所である。そして、ルイ一四世にはヴェルサイユに、城館の中心にある寝室しかなかったと考えるなら、およそ三〇年のあいだにその寝室がどんなに移動したかを知らずにいることである。

一六七三年の秋、王が大アパルトマンを所有するようになったとき、王の寝台は城館でもっとも壮麗なアポロンの間におかれた。私的寝室、あるいは小寝室のほうは、西側の花壇と「包囲建築」のテラスに面した角部屋のサテュルヌの間にあった。しかし、一六八二年に大アパルトマンが式典用のアパルトマンとなり、「アパルトマンの夜会」に使われるようになると、公式の寝室は隣のメルキュールの間に移され、私的寝室のほうは大理石の内庭に面したルイ一三世の小城館のなかの、最初は中央の間（「王の着替えの」と名づけられていた）に、その後一六八四年にはその南に置かれた。「アパルトマンの夜会」のためのスペースを確保するために、一一月の初め、寝台をメルキュールの間から出して、私的寝室を公の寝室にしてしまい、王が眠る寝台は「国家の寝台」となった。この「一六八四年の」寝室は、一七年間生きのびた。これは大理石の内庭の南角にあり、中心にではなかった。

王の寝室が城館の中央軸の位置に来るのは、一七〇一年、「王の着替えの」間の改築と美化を待たなければならなかった。広くて明るいこの部屋は、三つの半円アーチで大ギャラリーに通じていたが、王はこのアーチをふさいで、寝台を入れるアルコーヴを作らせた。壮麗さを演出するための装飾はオリンポスの神々の神話に席をゆずらなかった。寝台を飾る群像の彫刻は、アポロンもユピテルも無視して、王が頭で臣民がその手足であるという、王国の「神秘体」の命題を完璧に表現する「王の眠りを見守るフランス」に捧げられている。

このように、ルイ一四世はこの寝室を、その長い生涯の最後の一四年しか使っていないので、それが宮殿におけるただ一つの王の寝室だったと考えるのは誤りである。また、アポロンのシンボルの顕著な宣言だと思いたいところだが、王はもう数年前にその関係を解消していた。

17

ヴェルサイユではリュリしか演奏されない

「いつも同じくりかえしばかり。というのもリュリの古いオペラばかり歌うのですもの。聴きながら寝入ってしまうことがよくあります」

プランセス・パラティーヌ

バッハがライプツィヒに、ワグナーがバイロイトに結びついているように、リュリ[1]（一六三二—八七）の名はヴェルサイユの名に深く結びついていて、現代のわれわれの多くにとっては、宮殿にはいつも彼の音楽が鳴りひびいているように感じられる。映画にしろ、ドキュメンタリーにしろ、ラジオ放送にしろ、ルイ一四世の宮殿を、有名な「トルコの儀式のための行進曲」の伴奏なしで言及することはまずないのだから。この音楽はモリエールのコメディ＝バレエ「町人貴族」の第四幕五場にそえられたもので、作曲されたのはシャンボール城だが、ヴェルサイユにおいてひんぱんに上演予定に組まれた。

音楽家であり、踊り、振付し、演技もすれば、歌も歌い、作曲もするという多才なフィレンツェの「偉大な喜劇役者」は、一六五三年、「王の夜のバレエ」にともに出演した太陽王の目に止まった。そして、一六六一年には王の宮廷音楽監督に任命され、彼はほかの芸術家たちにくわわって、ヴェルサイユでの田園的祝宴、「魔法の島の歓楽」、一六六八年七月一八日の「国王陛下の大いなる気晴らし」、さらに一六七四年夏の祝宴を成功させる。

宮廷バレエ、コメディ゠バレエ、叙情悲劇、牧歌劇、宗教曲、間奏曲、アリア、歌そして軽歌劇《ヴォードヴィル》という作曲する音楽のジャンルの多様さによって、リュリは余興にも宮廷の儀式にも欠かせぬ人物となった。王がコルベールに「あの人なしではなにもはじまらない」ともらしているほどだ。私生活のスキャンダルによって、王の寵愛を失うときが来たあとも、ルイ一四世はあいかわらずその作品を愛した。なにものも主席作曲家の音楽に対する王の好みをそこなうことはできなかったようだ。しかしながら、一般に信じられているのと違って、このフィレンツェ人の名声の舞台となったのは、ヴェルサイユだけではない。

王の要望によく答えたのは、背景を何度も変えることができたバレエ用の舞台があるサン゠ジェルマン城だった。「テセウス」、「アティス」、「イシス」のような叙情悲劇の大部分の初演にはこちらのほうが好まれ、ヴェルサイユで行なわれたのは、そのなかでも二作品、一六八三年の「ファエトン」と一六八五年の「ロラン」だけだった。もう一つ別の宮殿、フォンテヌブローは、その三位一体礼拝堂で、一六七七年九月、リュリが息子の洗礼式のために作った「テ・デウム」をどこよりも先に聴いている。この宗教曲は、その後多くの祝賀行事、王家の結婚式、戦勝祝い、王の病気回復祝いなど、その時代もっともよく演奏される曲となった。

したがってヴェルサイユに、リュリの作品の独占権があったわけではない。また宮殿で響いていたのは、彼の曲ばかりではない。宮廷の生活は音楽に包まれていた。リュリにいくら才能があっても、一人ですべてをまかなうことはできなかっただろう。それに王がほかの作曲家の音楽を聴かないようにしていたということもない。そのなかには、老ジャン＝バティスト・ボエセ、非常に若い（一六六五年生まれ）エリザベート・ジャケ・ド・ラ・ゲールや早熟のアンリ・デマレがいた。リュリより二五歳年下のフィレンツェ人、ミシェル＝リシャール・ドラランド（一六五七―一七二六）のキャリアもヴェルサイユで開花した。ドラランドはリュリをうらやむ必要のないほど王の寵愛を受け、その有名な「王の晩餐のためのシンフォニー」は、ほぼヴェルサイユ専用だったようだ。

一六八〇年代の終わりごろになると、ルイ一四世は大々的なスペクタクルにあきてしまって、それよりもマスカラード（宮廷バレエ）を好んだ。そして叙情悲劇が週一度だけ背景やしかけを変えずに上演された。プランセス・パラティーヌの言うように、リュリの作品のくりかえしだったのだろうか？　フィレンツェ人は忘れられていなかったが、新しい世代の作曲家たちの前にも、宮殿の扉が開かれつつあり、カンパラが「優雅なヨーロッパ」で、またアンドレ・カルディナル・デトゥーシュがトリアノンで上演された英雄牧歌劇《パストラル・エロイク》「イセ」で、大成功をおさめていた。

年齢とともに、ルイ一四世はスペクタクルに参加することがなくなった。「王はさまざまなことについてほとんど執着をなくされた」と、一七〇三年ダンジョー侯爵が指摘している。親愛なるリュリの作品へのノスタルジーも例外ではなかった。おそらく一七〇七年までは、そのオペラが演奏されることはあっただろう。だが一方で王は、一七〇〇年にトリアノンでデトゥーシュの「オンファレ」を聴いて、たいへん満足し、彼の活動を力づけている。その後、スペイン継承戦争が起こり、王家に不幸が続いたため、宮殿でのオペラの上演は禁止された。老いた国王は、気に入りの曲の一部ですますことになって、あいかわらずリュリの「アルミード」や「アティス」の一幕か二幕を聴いていたが、それだけでなくヴィオール奏者マラン・マレの有名な描写的な作品「アルシオーヌの嵐」のこともあって、これは一七一一年二月にマルリーで、晩餐のあとの舞踏会開始の際に、王がどうしても聴きたいと言ったものでもあった。老人のたわいない願いとは違う。また一七一三年、ルイ一四世はデトゥーシュのためにオペラ総監督のポストを創設したが、彼は今日、カンパラとともに、リュリ以後の最高の演劇作曲家であり、ラモーの先行者と考えられている。

このように、ヴェルサイユでは、リュリの音楽が絶対的だったのではない。宮殿には同時代の別の作曲家の音楽も鳴りひびいていたし、不運な時代であり王が老齢であったにもかかわらず、リュリに続く音楽家たちも、宮廷の支持を得ることに成功していた。

原注

1 フィレンツェ人、ジョヴァンニ・バッティスタ・ルッリは一六六一年一二月にフランスに帰化し、翌年の結婚契約書には、セヴィニェ夫人が皮肉っぽく書いているように「尻尾の（Lulliの）iを」すてて「y」に変えたフランス風の名前を使った。

18

ヴェルサイユでは画家ル・ブランが芸術の独裁者だった

「ル・ブランは美術の独裁者のようなものとなった。(中略) このたった一人による支配は、絵画や彫刻に独創的な才能が生まれるのをさまたげるのにうってつけだった」

アンリ・マルタン [一八一〇―八三、歴史家]

ヴェルサイユの建築現場におけるシャルル・ル・ブラン (一六一九―九〇) の権限について、彼に競争心を燃やしていた、あるいは嫉妬していた同時代人たちが排他的支配だと言っている。それから、言葉の意味が何度も偏向していって、「芸術の管理者」が独裁者とか専制君主に変身してしまった。ロマン主義の時代に、そうした非難が肉づけされてふくれあがった。人々はル・ブランに言及したが、尊敬はしなかった。画家は三つの過ちを犯したのだ。王の意向（あるいは気まぐれ）に沿った仕事をしたこと、ライバルを容赦なく遠ざけたこと、皆に自分の美学を押しつけたこと、である。

この根強い伝説には、首席画家の旺盛な活動の裏づけがある。彼が享受した王のゆるぎなく、はなばなしい寵愛を否定する者はいないし、当時の画家たちをゆさぶった激しい理論上の争いをつまらないものだったという人もいない。おまけに、この人物は、庇護者であったコルベールに似て、どこか性格に尊大なところがあって、宮廷人としてのお仕着せを身につけるときにしかそれを手放さなかったといわれている。反面、私生活の面では、きちんとしていて問題もなかった。よき息子[1]でありよき夫であったことが、ロマン派からは順応主義の証拠だと非難された。「ル・ブランをよく言うことができるだろうか？」と、少し前にジャック・トゥイリエ［一九二八―二〇一一、フランスの美術史家］が問うている。しかしわれわれの本題は人となりや芸術を評価することではなく、彼を伝説から解放することだ。

絵画と彫刻のアカデミー、ゴブラン工場、ヴェルサイユの建築工事。フランス最初の定期刊行物の一つ「メルキュール・ギャラン」が思い起こしている。「ル・ブランは多くの責務を負って、あらゆる領域に通暁している芸術家として、あらゆる芸術を管理していたので、錠前屋のための設計までするほどだった（中略）。無数の違う分野の職人のために、時間きざみに時間をあてていた。王の彫刻家全員に製図をあたえた。すべての金銀細工師たちもそれを受けとっていた。彼は創意に富み、知識も豊かだった」

一六四八年にほかのメンバーとともにアカデミーを創設し、そのかなめとなった。彼の影響は、講義を行なったり、著名な会議へ参加したりすることによって大きくなったが、その会議は、アカデミー会員たちが理論を検討する場であり、そうしてたえず議論される規則や準則から芸術理論が生まれた。

王付建設局長官の管轄下にある一六六二年に設立されたゴブラン工場も、すぐ翌年にはル・ブランの指揮下に置かれた。彼の任務は、さまざまな工場での宮殿用タペストリー、金銀細工、絨毯、家具の製作を監督することだった。椅子、手すり、タブレ［背もたれのないスツールのような椅子］、燭台、銀のシャンデリア、堅石［瑪瑙、翡翠など］の大キャビネットなどが彼の下絵をもとに彫刻がほどこされ、鋳造された。構想から完成まで、すべての製作過程を指揮し、作業班を調整し、できあがりの統一性を確保した。

一六六二年以前に任命されてから、三〇年間王の首席画家をつとめたシャルル・ル・ブランは、ヴェルサイユ建設の中心人物の一人であり、大アパルトマン、湯殿のアパルトマン、三つめの礼拝堂、大使の階段、大ギャラリー、戦争の間と平和の間の装飾を担当した。庭園の彫像は、ジラルドンやコワズヴォー、あるいはマルタン・デジャルダンによって制作されたが、すべて彼の指示によっていた。そればかりか、ヴェルサイユやマルリー城のファサードも、ムガール帝国皇帝に贈った豪華な四輪馬車《カロッス》も彼の構想による。さらにこれにくわえて、小アカデミー（あるいは碑銘とメダルのアカデミー）のメンバーに協力していたこと、王の治世の栄光に満ちた出来事を金属にきざむ、ルイ一四世の「メダルによる歴史《イストワール・メタリック》」という一連のメダル制作に参加したこと、王によって建築アカデミー（彼がこのタイトルを使うことは決してなかったが）に任命されたこと、「国王陛下の絵画とデッサンの収集室」の管理もまかされたことを見ると、ル・ブランが太陽王の宮廷芸術をどれだけ支配していたかを、推し測ることができる。

早い時期から得ることができた王の寵愛は、消えることがなかった。王は、役職や注文をあたえることにくわえて、この画家にたえず報いた。一六六二年に爵位をあたえ、手ずから剣をおびさせ、ほめ言葉とともに年金と特別手当を認め、ヴェルサイユに土地を贈り、一六八一年にはそこに家を建てるための二万リーヴルもあたえている。

これでは、もっとも偉大な王が、もっとも偉大な画家に使われているのでは、という懸念を起こさせる。すべてが結びあって、この満ちたりた芸術家に敵をもたらした。よりチャンスに恵まれなかったライバルたちは、彼に対して戦いを挑もうとしていたが、それは少なからず表に出ないものだった。ル・ブランがコルベールと王の庇護を受けているのをだれも忘れていなかったからだ。敵意をもったグループ、中傷、匿名の手紙、いさかい、裏切りが王のおぼえめでたい芸術家の成功につきまとった。敵にとっては、芸術にかんする彼の指揮は容認しがたく、その権威は度を超えていると思われた。だがそうではなかった。

アカデミーにおける発言は、長いこと想像されていたより自由だった。したがって、ル・ブランが芸術上の主張を押しつけることはなかったようだ。逆に、実際的な中庸の位置を守り、議論も受け入れ、あらゆる教条主義とは無縁だった。ある絵画について「背骨」となる構想が自分のよりすぐれていると認めると、反対の派も、自分の作品にとりいれることをよく行なった。王妃のアパルトマン近くにあったヴェルサイユの礼拝堂の、ヴォールトのデザインで、あきらかにルーベンスの影響を受けた「反逆の天使たちの墜落」の場合がそうだった。あるいは、大ギャラリーの何枚もの情景、二〇〇四年から二〇〇七年に行なわれた最新の修復の際に発見された彼の「ルーベンス時代」の絵がそうだ。

彼の監督は、たしかにゴブラン織についてはもっと断固としていた。そこでは作品の装飾的統一性を確保しなければならなかったからだ。とはいえ彼の介入で忠実に従うべきお手本が入れ替えられることがあったし、実際の製作者には大きな自由が残されていた。

ヴェルサイユの庭園でも、彫刻家たちは、規定の図像や、大きさやポーズについての最低限の指示を、みずからの作品に自由にとりいれた。ル・ブランのリベラリズムは、室内装飾でもみられた。大アパルトマンの、豊穣の間を支配するだまし絵の部分は、「まったく彼のスタイルとは違う」し、シャルル・ド・ラ・フォスによるアポロンの間の天井画には、「師から学んだものではない明るさと繊細な色使い」が見える。彼が認めさせたのは、全体の装飾プランに必要な限度においてであって、オーケストラのすぐれた指揮者として、楽団員たちがそれぞれのインスピレーションを自由に伸ばすにまかせたのだった。

ル・ブランを同僚たちと疎遠な独裁者とすることは、これ以上の検証に耐えない。この画家は部下からも高く評価され、新しい才能を発見して育てることができた。だから、一七世紀末のフランスの偉大な芸術家たち、ウアス、ジュヴネ、ラ・フォスは、皆彼の弟子だった。

だが、その影響力に抵抗したのがトロワ出身で、七歳年上のピエール・ミニャール（一六一二―九五）だ。ル・ブランは若い頃、ルイ一三世の首席画家だったヴエのアトリエで彼に会っていた。変わらぬ庇護者だったコルベールが一六八三年に没すると、それを合図のようにル・ブランは遠ざけられ

——彼にとってひどく辛い経験だった——ミニャールが昇進した。コルベールの後を継いで建設局長官となったルーヴォワは、ミニャールを庇護し、首席画家への敵意を隠そうともしなかった。だから、もしル・ブランの独裁があったとしても、これ以降ははかないものだったと言えよう。「地獄への下降」は、手荒な拒絶からはじまった。

ル・ブランからヴェルサイユの庭園の彫刻の監督権がとりあげられ、ミニャールその人にゆだねられた。ヴェルサイユの建築現場でも、主屋の一階にある王太子のグラン・キャビネの天井画、それから小《プティット》ギャラリーと、それを囲む王の内庭に面した王のもっとも美しい絵画をおさめた宝石箱のような二つの広間のヴォールトが託されたのは、ミニャールのほうだった。首席画家にとって、自分があれほど熱心に仕事をした場所でライバルが勝利するのを見るのは、どんなにか苦痛だっただろう！

だからといってルイ一四世は首席画家を忘れてはいなかった。ル・ブランに対し、信頼と友情をもちつづけた。しかしながら、その信頼は、首席画家に権限を完全にゆだねるには足りなかった。当人からの試みにもかかわらず、ルーヴォワは譲歩しなかった。世にいわれた独裁者は絶望した。ミニャールは爵位をあたえられ、勝利を強調するかのように、一六八九年には、「ダリウスのテント」というル・ブランの代表作の一つでもある絵画と同じ主題の絵画を制作した。たしかに王は、あいかわらず彼の老画家を気づかい、必要となれば自分の医師をよこしたり、つねに好意的な言葉をかけたりした。「長いあいだわたしのためにつくしてくれ、よい結果をもたらしてくれたので、忘れることはできない」。だが、画家はすっかり希望を失っていた。王が一六八九年九月に、ヴェルサイユの銀製の家具と銀細工を溶かすと決めたことも、その制作にかかわっていたル・ブランに痛手をくわえ、彼は翌年の二月に世を去った。そこでミニャールが、その任務をすべて引き継いだ。

ヴェルサイユはジュール・アルドゥアン＝マンサールあるいはル・ノートルと同様、ル・ブランなしでは考えられない。ゴブラン織の制作やヴェルサイユの装飾において、ル・ブランはともに仕事をする人々のさまざまな才能を生かすことができた。彼のデッサンは芸術家たちの素質を引き立てるのであって、束縛するのではなかった。彼が貢献したスタイルの統一が、画一性に身をゆだねることはなかった。リュリがマルク＝アントワーヌ・シャルパンティエのキャリアを邪魔した、という説と同様、いわゆる独裁者ル・ブランが画家ミニャールの妨害をした、というのが根強い伝説だったが、深い学識による研究成果と近年の展覧会がこれと善戦している。

原注

1　ル・ブランはパリの教会サン＝ニコラ＝デュ＝シャルドネに、母親と妻と彼自身の墓所とするための小聖堂を得た。母親の見事な墓は、彼がデザインし、トゥビとコリノンが彫刻したものだ。ル・ブラン自身の墓はアントワーヌ・コワズヴォーが制作した。

19

ヴェルサイユで暮らすのは天国で暮らすことである

「宮廷は満足をあたえない、ほかの場所で満足するのをさまたげるのだ」
ラ・ブリュイエール

「みなが宮廷を嫌っている、そしてそこを天国としている」
ダルジャンソン侯爵

もし、キリスト教徒にとって天国で暮らすことが、神の魂との一体化のなかで永遠で無限の幸福を味わうことであるとして、ヴェルサイユに出入りすることを天国と同じこととするなら、そこでは王個人の利益につくすことで、王への愛を表明するのを見ることになるだろう。当時一般的に受け入れられていた見解によれば、敬愛される国王陛下は「神秘体」の頭であり、臣民は手足である。国王はまた恩寵を伝達するものであり、宮廷人たちは王の恩恵を望み、求めることに生きる。それを得ることは、神のメタファーに従うなら、「至上の幸福」を知ることと等しかった、ということになる。

ヴェルサイユの年代記を読むと、この地上の天国でそれほど価値があった恩恵がどんなものであったかわかる。その種類は幅広く、王はじつにさまざまなやり方で忠臣たちに褒賞をあたえることができたのだ。ルイ一四世は宮廷人たちを年金や特別手当といった「金銭的な恩恵」によって支配していたが、それらは実際のところいったん決まれば動かないというものではなかった。プリミ・ヴィスコンティが注意をうながしている。「すべてがひっくり返る可能性がある。そして何事も年が変われば確実ではない」。だが王がヴェルサイユへよびよせた貴族たちが、賭け事や見てくれに財産を使いはたすと思うのは、宮廷人の義務を日常的に果たしている人々に対する王の賜与、軍司令部や司教区や大修道院の権益の付与がどれほどひんぱんだったかを忘れることである。宮廷で人はめったに破産しない。反対に、そこでキャリアを積み、金持ちになり、一族の後押しをする。「そうした人々が宮廷で何をしているのか、と訊くなら、彼らは受けとっている、そしてあたえられている人全部をうらやんでいるのだ」とラ・ブリュイエールが揶揄している。

ルイは懇願されるのが好きだった。王の親族をふくめて、マルリー城へは、頼まなければだれも招いてもらえなかった。出発の前々日に、通りがかりの王にささやく。彼らのなかの、厳選された五〇人ほどの宮廷人がこの羨望の的である好意に与る。この到達できると思うといつも遠ざかってしまう「天国」へいたるコースに、王は熱意をあおる新たな試練を、たえずつけくわえた。したがって宮殿にアパルトマンをもらったり、狩猟や散歩のお供に選ばれたり、トリアノンでの夜食に招かれたり、国王陛下の就寝の儀で燭台を受けとったりすることは、羨望の的の光栄なのだった。

だが、「天国で暮らすこと」は束縛なしではいない。国王陛下の起床と就寝の儀式にしたがって、宮廷人は早起きで、かつ宵っ張りでなければならない。そして主人の眼前で、エチケットを遵守する。王はそれが尊重されるか見張っていて、違反することがあれば、その人間は王の怒りを受けることになる。

宮廷人には従順さが期待された。セヴィニェ夫人が書いている。「王は服従を求めた」。何人も陰謀をつつまなければならない。そこで王は、二人の王の首席侍従であるアレクサンドル・ボンタンとルイ・ブルアン下の諜報サービスあるいは内部警察に給料を払っていた。サン・シモンが書いている。諜報を任務とし制服の色からその名でよばれていた「青い若者《ギャルソン・ブルー》」、庭園とアパルトマンの衛兵、宮廷人たちの手紙を読む郵便物検閲室に、「二〇人ほどのスイス人」をくわえて、公式には「宮殿の必要のためということだが、むしろ、ギャラリーや通路、中庭、庭園をとくに夜間歩きまわって、ドアの外から盗み聞きし、人の跡をつけ、要するにスパイ活動をして、発見したことをブルアンに報告し、ブルアンはそれを王に伝える」ということをさせていた。「この宮廷では従順であるのが身のためだ」とのサン＝モーリス侯爵の忠告に、プリミ・ヴィスコンティが鸚鵡返しに答えている。「宮廷ではひかえめで下心のない人間だけが望まれるのだ」。というのも献身的な宮廷人に、政治的策略は禁物だからだ。「国家のことを語るのは、大臣以外のだれにも許されていません」とプランセス・パラティーヌも言っている。

ヴェルサイユの「天国」の奇抜さはそこにある。だれもが魅力的な社交生活を楽しめるが、主人の意向に逆らわないという条件付きである。これを天国というだろうか？　敬虔なマントノン夫人はこれを疑った。「修道会の寄宿女学校にも、宮廷のエチケットが貴族たちに守らせていたような厳格さは少しもありません」と手紙に書いている。

ヴェルサイユでは、宮廷人はつねにピンと張ったバネのようで、つねに失脚をおそれていて、危険はたえずだれの身にも迫っていた（まさにダモクレスの剣がだれの上にもぶら下がっていた）。自分の義務を怠ること、王の儀式を欠席すること、「人々の気に入らない」話をすることは、ヴェルサイユの楽園から追い出されるための、よくある理由だった。

とはいっても、王は制裁にかぎりなく微妙な差異をつけた。まず冷淡さは気に入らない印だ。それになんらかの屈辱がくわわるかもしれない。年金を停止する、不快にさせた人物を狩猟に招くのをやめる。その人物が考えや素行をあらためないなら、追放されるおそれがさしせまる。ブルゴーニュの城館のビュシー＝ラビュタン伯爵のように、自分の土地に追放されることは、ヴェルサイユの側近にとって、最悪の不興をかったことであり、「宮廷人の地獄」である。宮廷を出るように命じられても、パリにとどまる自由が残される場合や、宮殿での住居を失っても年金はそのままという場合もあった。失脚にはあらゆるバリエーションがあったが、その犠牲者たちはみな宮廷にノスタルジーをいだいた。

落とし穴や罠がちりばめられた宮廷の暮らしは、非常に拘束されたものだった。しかし、プランセス・パラティーヌは記している。「宮廷の暮らしには、この暮らしに慣れたものにはほかの暮らし方が耐えらないような、特別なものがあります。それはこの暮らしによってもっとも苦しい思いをした人々も同じなのです」

20 ルイ一四世のヴェルサイユは後継者たちに尊重された

「わたしは父祖の造ったものを壊そうとは思わない」

ルイ一五世

この表現で、最愛王《ビアンエメ》ルイ一五世は自分の治世を概括して、曽祖父の造ったヴェルサイユを尊重したことを誇りに思っている、と言っているのではない。新君主は、先王が造ったものをひっくり返すという、ときとして非常に強かった誘惑に身をゆだねることはなかった。それは建築に対するセンスがなかったからでも、建物に興味がなかったからでもない。「王は建設を非常に好んでいて」と側近たちが証言しているように、宮殿の周囲にショワジー、ベルヴュ、ラ・ミュエットなどの小さな城館をあちこち建てることに熱心だった。

ヴェルサイユにおいて、ルイ一五世は壊すことをほとんどせずに、保存した。新規にはじめるのではなく、やりかけの工事を終わらせた。先王の代の終わりの財政困難によって、大アパルトマンの入り口にあるエルキュールの間の改装は中断していた。一七二五年になると王はそこに色大理石で装飾をほどこさせ、半世紀遅れて、鏡の間の威厳あるスタイルと結びつくものとした。一六八五年に北の翼棟の端に建設を予定されていた劇場は、荒削りのプランのままだった。それを建築家ガブリエルが「ヨーロッパでかつてみられたなかでもっとも美しい」すばらしい作品に仕上げ、一七七〇年五月、未来のルイ一六世とマリー＝アントワネットの結婚式の祝賀に合わせてこけら落としが行なわれた。したがってルイ一五世の業績とされるヴェルサイユの宮廷歌劇場も、曽祖父の夢を実現させたものだった。庭園では、太陽王がル・ノートルにネプチューンの泉水を掘らせていて、石組みもできていたが装飾が不足だった。ルイ一五世はそこに三体の鉛製巨像をおき、「ブロンズ色」に彩色し、泉水の縁に命を吹きこんだが、これもまた「偉大な世紀」の伝統を引き継いだものだった。

王はヴェルサイユの過去に敬意をはらった。とはいえその時代の人間として、新しいものに敏感でないことはなかった。ルイ一四世の治世の頃からは、時代の好みも変化していた。人々は、部屋はもっと狭いほうを、天井はもっと低いほうを、装飾もあまり重々しくなく、壮麗であるより快適であるほうを好むようになった。しかしルイ一五世は一般の私人ではない。そのためヴェルサイユで彼が命じた改装は、新しい傾向を無視しているということもないが、節度の感覚を忘れなかった。王は宮殿に、その時代の装飾の精神、ロココ（ロカイユ）様式を過度にならない程度にとりいれた。パリの邸宅や私人の城館では、入り組んだ線、歪んだ形、非対称の構成が花開いていたが、王の住まいにはそれらの場所はなかった。

曽祖父の宮殿を尊重することに非常に気遣ってはいたルイ一五世だったが、一七三七年から、南側が大理石の内庭に面した位置にあったルイ一四世の内側のアパルトマンを、自分の好みと便宜に合わせて改装することにした。「私的」とはいえ、このアパルトマン（王のキャビネと混同しないように）が王にふさわしくなかったということではない。改装によって、犬の間とよばれる控えの間、王の寝室、振子時計の間、内側の執務の間（執務の部屋で王はほとんどいつもそこにいた）、書類が集積される裏部屋が作られた。これらは洗練されたひかえめなロココ様式で、ガブリエル父子、彫刻家ジャック・ヴェルベクトの仕事である。もっとも豪華な部屋は国王の新しい寝室だ。彼の伝記は宮廷の慣習に忠実であったことを例証しているが、むしろ宮廷の慣習のほうを自分の個人的な習慣に適合させたのだった。

一四世の遺言によって、一三歳までヴァンセンヌとテュイルリーですごし、一七二二年にヴェルサイユに戻ったルイ一五世は、一七〇一年に設けられた君主の真の聖域である、故王の寝室を使うようになった。だが聖域は不便なうえに寒かった。少しも温まらないこの部屋でルイは震えていた。そこで、よく知られているように、睡眠のためにもっと快適な部屋を作ることにし、王のつとめを行なう場所として儀式用の大寝室を残した。毎朝、「起床」のまねごとに自分を提供するため、王は部屋着のまま眠った場所から閣議の間を通りぬけて、ルイ一四世の寝室へおもむかなければならなかった。夜は、公の就寝のあと、起き上がって閣議の間を通り、はんとうの寝室で眠りにつくのだった。そこには、まあまあのプライバシーと正式の寝室にない居心地のよさがあった。

この内側のアパルトマンは、依然として君主の公的生活に関与していたが、すでに私的な生活にも関与した。完全に公でも、完全にプライベートでもなかった。ルイ一五世は、宮殿の二階部分について、ヴェルサイユの創始者の精神に忠実だったが、別の階においては、小部屋群の改装を何度も命じ、ずっと自由に、ときには気まぐれともいえる独創性を発揮した。

ルイ一五世は誠意をもって王の義務を果たしていたが、それがたえまなく続くことにうんざりし、それとならんで私的な生活の魅力も味わいたいと考えた。太陽王から引き継いだ城館には、彼が自分の趣味に打ちこめる場所がどこにもなかった。そこでルイ一五世は、くつろぐための内輪のヴェルサイユを創造することになる。

王のアパルトマンのそばの中庭——鹿の中庭と王の小中庭——が、改築に好都合だった。二階にはスペースがないため、三階と四階に王の小部屋がいくつか作られた。中二階も使って、図書室、浴室、冬の食堂と夏の食堂、物理の部屋、遊戯室、衣裳部屋、さらには王が料理を楽しんだ厨房や実験室が、隣りあい、あるいは上下に積み重なって、ならんだ。すべては秘密の階段でつながっていて、囲い網や大きな鳥かごや泉水をそなえたテラスにも出ることもできた。この小さな部屋部屋の迷路は、たえず手直しされ、優雅で、天井は低く、洗練されたロココ様式の家具が置かれ、当時の快適さの枠を集めて国王陛下の居場所を構成していた。王は、ヴェルサイユの荘重なスタイルをそこなわないことを強く望んでいたので、これらの小部屋が見えてはいけない。ルイ一五世の小部屋は、宮殿のおもな中庭からは見えなかったし、訪問者にもほとんどの廷臣にもその存在を知られることはなかった。

このように、先王の建物をくつがえすことはしなかったのだが、建築家たちによってヴェルサイユの重大な欠陥をなくすよう、急かされ、その気にされていなかったわけではない。庭園側のファサードは時代の趣味に合っていたが、中庭に面したファサードは時代遅れだった。だがなにものも、何人も、ルイ一四世を説得して、全体の調和をとるようにすることができなかった。新王ルイ一五世は工事を再開するだろうか?

　ところで大使の階段は、エルキュールの間が手前に作られてから大アパルトマンの続き部屋全体の導入部ではなくなったため、利点を失っていた。そこで、一時期ポンパドゥール夫人の劇場として利用されたのち、一七五二年に解体された。このとり壊しによって、大アパルトマンの入り口には新たに堂々とした階段を作る必要が生じ、宮殿の建て替え計画の後押しをした。その上、子どもが生まれるたび——ルイ一五世には一〇人の子どもがいた——そして王族が結婚するたび、どう見ても住居が足りなくなって、首席建築家に工事を提案する機会をあたえた。

　アンジュ=ジャック・ガブリエルは、数年にわたって改築計画を王の判断にゆだねていたが、王のほうは長いあいだ決めかねていた。だが宮廷歌劇場が完成すると、ついに決断した。一七七一年、王はガブリエルの「大計画」を実行に移すことを承諾する。前庭側のファサードを石で作りなおし、庭園側と調和させる工事だった。こうして王の威厳にふさわしくないと判断されていた時代遅れの外観は消えるはずだった。この計画では、王と王妃のアパルトマンは拡張されるが、新たな住居は作られない。工事は、国王の前庭の右手にあって崩壊しそうになっていた侍従長[1]の翼棟の建て直しから開始された。これだけは実行されてガブリエル棟と名づけられたが、王の死で、全体の完成はなかった。

　ルイ一五世は、孫である後継者に、このけたはずれで莫大な費用のかかる計画を相続させたが、ルイ一六世は資金がなかったのでそれを放棄する。ガブリエル棟は、中身ががらんどうのまま残され、内装も公式の大階段も完成を見たのはやっと一九八五年になってからである。そのかわり今度は、ガブリエルの後を継いで新しい首席建築家となったリシャール・ミックが、宮殿の建て直しを企画し、エティエンヌ＝ルイ・ブレ、ピエール＝アドリアン・パリス、ペル兄弟もローマ様式をとりいれた設計を提案した。アメリカ独立戦争を終結させたパリ条約が調印されたのちの一七八三年、コンペが行なわれた。提出されたどの設計も、壮大であることに重きを置いた、「大計画」をさらに拡大するものだった。資金がなく（アメリカでの戦争は非常に金がかかった）、時機も悪かったため（王一家は一七八九年にヴェルサイユを去った）、これらの大胆な再建計画が実現することはなかった。

こうしてルイ一四世のヴェルサイユは救われた。

原注

1　侍従長が住んでいたためそう名づけられた。

21 ヴェルサイユでは王が一人で建設を決めた

「ヴェルサイユはわたしが思ったとおりのものになるだろう」

ルイ一四世

ヴェルサイユを造った功績をルイ一四世からとりあげようとする人はだれもいないだろう。城館においても庭園においても、王の同意なしでは何ひとつとして図面を引かれ、建設され、装飾されることはなかった。現場の端から端までが、王の構想のもとにあって、実際の施工者たちはその演奏者でしかなかった。王は口先だけでなく、実際に工事の各段階に注意をはらった。建築現場におもむいて作業をする労働者を眺めるのが好きで、時間をさいては進捗状況を確かめ、用地の視察によって得た知識を利用し、現場からの報告をむさぼるように読んだ。

建築のルールを無視し、父王の小さな城館を保存して、新しい城館で「おおう」ことを命じたのは王だ。直線に続くギャラリー（歩廊）が好みで、マンサールに大ギャラリーを命じたのも王だ。フランスの伝統的な急勾配の腰折れ（マンサード）屋根より、低勾配のイタリア風陸屋根を好み、多色大理石を愛し、庭園側の長いファサードのオーダー［円柱のスタイル］を選び、意表をつくような大理石のトリアノンを造らせたのも、誤って「ペリスタイル」（ポルティコのこと）とよんだもの［ポルティコは玄関や中庭の屋根付き柱廊、ペリスタイルはポルティコに囲まれた中庭のこと］を作らせたのも、ボスケと名づけられた戸外のサロンを思いついたのも王だった。ヴェルサイユにおいて、その王国におけると同様、ルイ一四世は唯一の主人だった。

王は提出された計画を、念入りに吟味し、注をつけ、補い、決断をほかにまかせず、自分が望むものとそうでないものを知っていた。しかしながら多くの場合、建築にしろ、装飾にしろ、祝宴にしろ、じつはそのときどきの愛妾への贈り物、ときにはその欲求にこたえるものだった。というのもフランスの宮廷では、王の公式の愛妾たちには住まいをあたえる習わしだったからだ。ルイ一四世がヴェルサイユの創造者であるとして、その愛妾たちも彼女たちのために着手した工事に無関係ではなかった。

一六六一年に工事がはじめられた最初のヴェルサイユは、若い王の狩猟への情熱に答えるものだった。だが、このわずかばかり改装されたささやかな居城は、また王妃への不実を隠すものでもあった。ルイーズ・ド・ラ・ヴァリエールが王とともにそこへ行った。彼女のために王は一六六六年から、庭園のあずまやで、噴水に供給するために必要な貯水池でもある、貝殻や小石や鏡がちりばめられたテティスのグロットを建設した。そこでは、海の女神が一日天空を駆けたアポロンを迎える。王の恋愛の暗示であることは、だれの目にも明らかだった。ラ・フォンテーヌがそのことを確認している。

　太陽が疲れ、仕事を終えると
　テティスのそばへ降りてきて、しばしの休息をとる
　疲れをいやすルイのように

　謙虚なラ・ヴァリエールの後を、見事な金髪と青い目をした、高慢で才気煥発なモンテスパン夫人が継いだ。彼女のため、王はル・ヴォーに命じてぜいたくで華奢《きゃしゃ》な磁器のトリアノンを作らせ、くつろぎの場所と同時に散歩の目的地とした。ヴェルサイユの庭園のボスケのなかでも、マレのボスケは彼女のアイディアだった。寵愛が続くと、王とのあいだに生まれた庶子たちのために宮殿からほど近い場所にクラニー館まであたえられた。一六七四年に、その城館のプランを見たルイ一四世は、「モンテスパン夫人の考えを知りたいから」とすぐに返事をしなかった。「決めるのはモンテスパン夫人とともに検討してからだ」とはっきり書いている。
　ヴェルサイユ宮殿のなかにおいて、侯爵夫人は最高の待遇を受けていて、王の前庭に面したアパルトマンをもっていたが、それは王の寝室と同じ階にあって、事実上付属していた。ルイは寵姫をなるべく近くに住まわせたかったのだ。その豪華な環境で、美しい侯爵夫人は王の心を支配し、王は彼女の気に入ることばかりに心をくだいた。

しかしながら、この高慢な寵姫は自分の子どもたちの養育係が、ライバルであることに気づかなかった。彼女の影響力は、王のマントノン夫人への寵愛が増すにしたがって減少した。一六八四年の終わり、王は彼女から住居をとりあげることに決め（そこを小《プティット》ギャラリーに改装し、ミニャールに内装をさせた）、かわりに「冬季にも住めるよう」大理石の一部を取りさって寄木を張った、一階の浴室のアパルトマンをあたえて、自分のそばから遠ざけた。磁器のトリアノンはとり壊され、マレのボスケもなくなった。

王のそばにアパルトマンをもつことが、公式の愛妾の地位に選ばれた印であるなら、ルイ一四世は、マントノン夫人にそうした住居をあたえることで、新しい関係を公にした。それはおそらく一六八〇年前半のことで、たった四つの小さい続き部屋だが、王と同じ階で、王妃の階段の上、彼女が押しのけた相手が住んでいたアパルトマンのほぼ向かい、というすばらしい位置にあった。毎日、午前も午後もルイはこの秘密の妻［マントノン夫人の希望で、王妃の死後ルイ一四世は彼女と秘密裏に結婚していた］の部屋を訪れ、数時間をすごし、注意深く耳を傾ける夫人の前で、大臣たちにも会うのだった。一七〇二年一月一一日、彼女は王からさらなる寵愛の印を受けとるが、それはヴェルサイユの慣習をくつがえすものだった。宮殿の古兵《ふるつわもの》たちを驚かせたことには、宮廷の儀礼を無視して、王は自分の部屋でなく、彼女の部屋へ夕食を運ばせたのだ。

ルイ一五世は曽祖父の例にならった。愛する女性たちが自分そばで暮らすことを要求した。そのため、ほとんどすべての愛妾たちが、プティ・キャビネ近くの、彼女たちを迎え入れるために改装されたアパルトマンをあたえられた。一七三三年になってすぐの愛妾、マイイ伯爵夫人は、国王の前庭に面した翼棟にあった、ミニャールのギャラリーの上方の、ほんのささやかな三階のアパルトマンをもらった。しかし、一七四三年一〇月に後を継いで最愛王の愛妾となったその妹のシャトールー公爵夫人には、北の花壇をのぞむ主屋のアティク（三階）にある、メルキュールの間とアポロンの間の真上の立派なアパルトマンが用意された。

それから、ポンパドゥール夫人の時代が来た。一七四五年九月に宮廷に現れ、シャトールー公爵夫人の死後（一七四四年一二月）空いていた住居で五年間暮らした。その後、懸命な努力をして、「王族の住む」主屋の一階の大アパルトマンの下にある、北のテラスに面したアパルトマンを手に入れたが、そこでは厚い壁のなかに作った螺旋階段を使って、ルイ一五世が侯爵夫人の寝室へ直接降りてくることができた。彼女はそこに一四年間暮らしたが、そのあいだに愛の歓びは友情に変わった。王を退屈させないよう、彼女はプティ・キャビネの余興を考えつき、一七四八年以降、大使の階段の階段室を劇場として利用した。それ以外でめったに使われることがなくなった大使の階段は、一七五二年にとり壊された。

この名高い侯爵夫人の死後、ルイ一五世は一七六九年からの新しい愛妾デュ・バリー夫人をそばに置き、南側を大理石の内庭に面した三階の住居をあたえた。一部が王のプティ・キャビネとなっていたそのアパルトマンは、三〇年前に内装をほどこされていた。王はそれを新装することはなく、木造部分の金泥を多少塗りなおさせたくらいである。

愛妾にあたえるアパルトマンについて、ルイ一五世が命じた改装は、ポンパドゥール夫人の二つめのアパルトマンを除いて、上の階にかぎられていた。一般には知られず、中庭からも見えなかった。

そのかわり、一七六二年トリアノンの庭園に、ポンパドゥール侯爵夫人のために、ほんとうに小さな城館を建てて、そこへ引きこもれたらと考えた。このすばらしい建物は、前世紀の磁器のトリアノンやテティスのグロットと同様、またしても女性たちがヴェルサイユを美しくすることに、いかに貢献したかを示している。この小《プティ》トリアノンはよくマリー＝アントワネットの作品だと考えられている。たしかに彼女のお気入りの場所ではあったが、ポンパドゥール夫人のために建てられたものだ。しかし、ポンパドゥール夫人は一七六四年四月一五日に世を去ったため、完成を見ることができず、はじめて使用したのはデュ・バリー夫人だった。早咲きの「ルイ一六世様式」の一例と考えられているが、じつはルイ一五世の治世に、ルイ一四世の時代の趣味を配慮して建てられたものだった。

このように、ヴェルサイユの庭園内の大運河の北端にあるこの保養地が、生まれ、美しくなったのには、どの段階においても、愛妾あるいは妻である女性がかかわっていたのだった。

王妃だったマリー＝テレーズもマリー＝レクザンスカもヴェルサイユを変えなかった。そのかわり、マリー＝アントワネットは王の住まいにおける女性たちの役割をゆるぎないものとした。トリアノンの女城主として、内装を変え、イギリス庭園をデザインし、小さな劇場を建て、愛の神殿やベルヴェデーレを築き、あまりに有名な、幸福な日々の居場所だったアモー（村里）を作り上げた。

22
ヴェルサイユの美は同時代がみな認めた

「それは魔法の宮殿とよんでいいような城館である。それほどに、それを完璧にしようという自然の心づかいを、人の技術が巧みに助けている」

モリエール

「それは宮殿というより、規模も内実もすばらしい一つの町である」

シャルル・ペロー

かつても今日と同様、ヴェルサイユは訪問者たちの称賛をよび起こした。みながその美しさをたたえた。おそらくお世辞や国を誇る気持ちが、実物を超える形容詞やおおげさな評価をさせただろう。だが、これだけ多くの同時代人、しかもさまざまな人々の称賛を見れば、宮殿が見るものを満足させていたことを認めるべきだろう。「これを毎日見て、非常に慣れ親しんでいるように思われる人々さえも感動します。」と地方からやってきたある小貴族が言っている「何度訪れても、称賛の気持ちが減ずることはありません」

多くの外国人に、ヴェルサイユは比類ないものと見えた。イギリス人マーチン・レスターが一六九八年に断言している。「議論の余地なく、この宮殿はヨーロッパにかつてあったもののなかでもっともみごとだ」。だれもが宮殿の眺めを特別だと思う。花壇、ボスケ、彫像、泉水のある庭園のみごとさはだれもが認めるところだ。それらが、ここを訪問したロレーヌ人の心を感嘆で満たしている。「多様さ、広さ、配置の均整美のどれもがすばらしい」。ある司祭も一六七〇年にうけあっている「噴水は、ローマのもっとも美しく、もっとも立派なものを上まわっている」

セヴィニェ夫人を魅惑したのは、アパルトマンだった。「もしこれをなにかの小説のなかで読んだなら」と一六八三年に書いている。「本当とは思わなかったでしょう。わたしは本物を見て、ふれました。魔法のようです」。一七六七年にここを訪問した、ある美術を愛好するサヴォア地方の貴族は、「豊かで、壮麗な」アパルトマンの内装をいくらほめてもほめ足りないようすである。「無数の壺や斑石やアラバスターの胸像で飾られている。（中略）これだけ多くの美しいものを集めることができたとは、信じがたいくらいだ」。スキュデリ嬢は鋭敏にも、建物とそれを宝石箱のように包む制御された自然との有機的な調和をたたえて、「わたしはヨーロッパのさまざまな場所で、いくつもの美しい城館を見ましたが、このように四方を庭園に囲まれたものは見たことがありませんでした」と『ヴェルサイユ散策』の主人公に言わせている。理由はわかっている。ヴェルサイユは、城館と庭園が一体となった、比類ない成功作なのだ。

しかしながら、これで異義がなかったと結論づけるのは、誤りである。このルイ一四世の作品への礼賛のなかからも、留保、微妙な補足、批判を探し出すことができる。批判のプロ、サン＝シモンはためらいながら、称賛しているが、賛辞を認めているのだろうか？　彼はその賛辞を、すぐさま揶揄することでバランスをとっている。「庭園の壮麗さは、驚嘆すべきだ、だがちょっと出入りしただけでうんざりしてしまう」という具合である。公爵はいつだって、批判の言葉をひねり出す用意があるのだ。「これだけ大きい宮殿なのだから、ものすごい欠点をあげはじめたらきりがないだろう」。たしかに、ヴエルサイユも欠点をのがれてはいない。ルイ一四世の義理の妹プランセス・パラティーヌは、王みずからが、「ヴェルサイユの建築に欠点があることを認めていらした」と断言している。

モリエールに「魔法の宮殿」とたたえられた「妖精の城」は、ときに悪い霊と出会った。多くの観察者が、町のほうの側の、奥へ行くほど小さくなる、前庭、王の前庭、大理石の内庭と、三つの前庭が重なっているのは、時代遅れだと思った。「それは欠陥だ」とマーチン・リスターは評価し、四〇年後、同国人ウォルポールも、そこに「あちこちにとってつけたように古くてくだらない胸像をならべ、金メッキのバルコニーをそなえた、けち臭い建物のよせ集め」しか見なかった。多くの人々が、主屋が西側［庭園側］での石のファサード、東側の煉瓦と石のファサードと、ヤヌスのように二つの顔をもっているのは、調和を欠いていると考えた。不当にも真実な表現で、サン＝シモン公爵が、王はこうして「美と醜」「広さと狭苦しさ」をつなぎあわせたのだ、とまとめている。フランスの伝統に親しんだ高い屋根組みを断念して、西のファサードのアティクの上の階を囲むために、勾配の非常に小さな屋根にしたことは、同時代人たちに不快感をあたえたが、そのうちの一人であるサン＝シモンは「火事にあった城の、最上階と屋根がまだない状態のようだ」と言った。

また、この奇妙さはだれの目もまぬがれないのだが、目ききの人々は、批判にくわえてエゼク伯爵［一七七四―一八三五、その回想録が一八七三年に『ルイ一六世の小姓の回想』として出版された］とともに力説した。「この城館についてできるもっとも大きな非難のひとつは、このように立派な建物にふさわしい入り口がないことだ。内庭に面した側は、へこみの部分が多いため七列の窓がついた正面ファサードを狭く見せる結果になっている」

建築術への挑戦だという人もいれば、フランス建築の成功作に値しない時代遅れだとの評価もあり、よき趣味の侵害だとくわえる人もいた。ルイ一三世のときすでに時代遅れだった煉瓦と石のヴェルサイユを保存し、新しい建物とならべておくことは、その時代もっともよくできた建物を支配する、調和と明快さの基準を軽視するものである。このようなよせ集めから生まれた作品は、雑然と見えるのではないか？「どうすればこの統一の欠如を補うことができるだろう？」といつも厳格なイギリス人の旅行者アーサー・ヤング［一七四一―一八二〇、農業経済学者、『フランス紀行』］が、疑問を発している。「どちらの側から見ても、建物の集まりのように見える。町の壮麗な一角ではあるが、一つの立派な建物には見えない」

アンシャンレジームの時代、入口としてもっともよく使われていた階段は王妃の階段で、反対に大使の階段ともよばれていた大階段は、一七五二年にとり壊された。だがこの王妃の階段は、王の控の間にだけ通じているので、「大ギャラリー（鏡の間）へは、中央の扉を通ることになり、その結果、大アパルトマンの美を楽しむことなく王宮に入ることになってしまう」とエゼクは続けている。サン＝シモンの目には、北の翼棟と南の翼棟の建設も欠点だった。「前庭側が狭くて息がつまるほどなのに、これらの広い翼棟は野放図に伸びている」。たしかに北の翼棟は、その南端に、ルイ一五世が建てることになる宮廷歌劇場がまだないが、公爵は庭園に面したファサードが大きくて壮麗であることを無視したいのだ。

この回想録作家は、後陣が東向きで、閣僚翼棟と向かいあっている一七一〇年の礼拝堂に対しても、いつにもまして寛容さを示していない（そういうことが可能ならだが）。石造りの礼拝堂は、町のほうを向いたルイ一三世の小城館の煉瓦と石の外観ときわだった違いを見せている。宮殿がすでにもっていた二面性ではあったが、そちらは一度に目に入ることはないのに、今度は同じ前庭側のファサードの調和に、はっきりとわかる破綻の要素をくわえてしまったというのである。「宮殿よりひどく高くそびえている」ことも、批判にさらされた。礼拝堂のもっとも高い部分は、たしかに周囲の屋根よりずっと上にあった。屋根の頂上の金色の採光塔（一七六五年にとり壊された）もあいまって、全体的に宮殿を押しつぶしているように見えた。サン＝シモンは、「巨大な遺体安置壇」にしか見えないと思い、ヴォルテールは「これ見よがしなゴテゴテ飾り」、ガブリエルさえ「飾りの雑然としたよせ集め」だと非難した［礼拝堂の設計者はマンサール］。

宮殿の維持は、まだ王の主要な関心事ではなく、エゼク伯爵は、ルイ一六世の時代に、あまりに急いで建てたことによる工事の欠陥を指摘した数少ない同時代人の一人だった。「年月の力に対して堅固に抵抗するどころか、一〇〇年もたたないうちに」と『回想記』に書いている、「すでに複数の場所で崩壊しそうになっている。造成した土地の上に置かれた基礎には、十分な耐久性がなく、建物の多くの部分がすでに補強されている。かつての王の寝室付きの小姓は、その具体的な例をあげている。「王のアルコーブを支える梁が、腐って落ちたのも見たことがある。もしそれに気づかなかったなら、いつかは一階の衛兵隊長の部屋まで落ちてしまわれるところだった。グラン・キャビネに寝台をしつらえて、王はそこで半年以上もお休みになった」

ヴェルサイユは、同時代人が称賛し、また批判した芸術作品である。しかし彼らの意見は審美的な性質のものだった。そうした評価に気をとられて、内部での往来や建物の状態といったことについての、実際の利用者の具体的な見解が忘れられてはならないだろう。

原注

1　前庭側のファサードは煉瓦と石、庭園側のファサードは石造りだったこと。

23

宮廷があったのはヴェルサイユだけである

「王はここに住むことに執着しておいでだ。だれひとりとして、この場所を離れましょうとは言い出せない。なぜなら王はここをご自分の業績として愛していらっしゃるから」

プリミ・ヴィスコンティ

「ルイ一四世はもはや首都も、祖先の城館も望まなかった。昔のパリの思い出のなかにと同様、フランソワ一世とアンリ四世の思い出のあるフォンテヌブローやシャンボール、あるいはサン＝ジェルマンに住むことを望まなかった」

アンリ・マルタン

せっかちな人々はヴェルサイユを、当然にルイ一四世とその後継者たちの宮廷の唯一の所在地だったと考えている。ルイ一四世が変化を愛したことを、気晴らしが必要だったことを、忘れているのだ。王がヴェルサイユに対して変わらぬ情熱をそそいだとしても、その囚われの人となるつもりはなく、定住を拒否しつづけた。そもそも長いあいだ、宮廷は放浪していた。一六八二年からヴェルサイユに定着するまでの宮廷は、ルーヴル、テュイルリー、ヴァンセンヌ、サン＝ジェルマンが受け入れていた。ヴェルサイユ宮殿が国王陛下の主要な住まいとなったのはだいぶ遅くなってから、親政がはじまって二一年後のことだ。だが、主要であっても唯一の場所ではなかった。

フランソワ一世とアンリ四世によって魅力を増したフォンテヌブローは、ヴェルサイユに次いでよく使用された城で、伝統的に秋の宮廷が置かれた。宮廷が置かれるのは、狩の季節で、六週間から八週間、そこでの暮らしは、ヴェルサイユの単調さとはまるで違った。したがって、たいへん喜ばれた。しかしアパルトマンはたしかに豪華だったが、時代がかっていた。全体として雑然として、無秩序だった。部屋部屋の大きさが不統一で、採光の悪い場所が多い。内装は流行遅れだし、奥まった小部屋があったり、アパルトマンなどの入り口も不規則だったりで、城内での移動も容易ではない。大所帯の宮廷を受け入れる準備がほとんどなく、ルイ一四世は新たな住居を作るのに苦労した。

曽祖父と同様狩猟を愛したその後継者ルイ一五世は、秋の訪問の習慣をとりもどし、二、三か月滞在する。こうして伝統は維持されたが、快適さの追求に熱心だった時代の風潮にもかかわらず、ヴェルサイユにおけるほどは、最愛王が不便な部屋の配置を変えることはなかった。しかし、住居はたえまなく必要となり、王は止むをえず白馬の中庭の南の、ユリシスの回廊と隣のストーブのパビリオンをとり壊した。ガブリエル父子がそこに、煉瓦と石のルイ一五世の翼棟を苦労して建設しかけたが、未完成のままとなった。また、一七五〇年から五四年のあいだには、フォンテヌブローには似つかわしくないヴェルサイユ・スタイルの大別棟が建てられた。

シャンボールへめったに行かなかったのは、おそらくヴェルサイユから遠かったせいだろう。ブロワはほとんど打ちすてられていた。ルイ一四世は一六五〇年から、最後の旅の年となる一六八五年のあいだに、九回シャンボールに滞在したが、モリエールとリュリによる有名なコメディ＝バレエの二作品、一六六九年の「プルソニャック殿」とその翌年の「町人貴族」が生まれていなければ、そこへ滞在が知られることはなかっただろう。

そのかわり、イル＝ド＝フランスとピカルディーの中間にあるコンピエーニュは、ルイ一四世にもルイ一五世にも高く評価された狩場だった。太陽王は、狩猟と軍隊の演習のために、七五回そこに行っている。この城館はとくにルイ一五世のお気に入りだった。最愛王は毎年の夏、一か月あるいはそれ以上滞在し、最初は拡張工事を命じ、それから一七五一年以降、アンジュ＝ジャック・ガブリエルに本格的な建て直しをはじめさせたが、王が完成を見ることはなかった。彼はコンピエーニュに、定住することとさえ考えるほどの情をいだいていたようだ。フォンテヌブローと同様、「一種自由な雰囲気」が、滞在を快いものとしていたのだろう。

ルイ一四世は長期間宮廷を離れて側近を放っておくことは決してなかったのだが、年齢とともに、「もっと引きこもりたい」と思うようになった。そこにマルリーの時代が来た。王自身が認めていたように、ヴェルサイユが宮廷のために建設されたなら、マルリーは彼の友人たちのためだった。親しいものたちを喜ばせるため、公の生活からもっと離れて好きな田園での暮らしを楽しむため、一六七九年、マンサールにヴェルサイユの北二リューの位置に城館の建設を依頼した。

一六八六年から住むことができるようになった新しい館は、ヴェルサイユと対照的だった。敷地は両側をはさまれた小さな谷で、「庭園城」の名にふさわしく、緑のなかに隠れるようにして立っていた。田舎の逗留地であるため、宿泊できるところは非常に少ない。王の棟には王一家が入った。王の兄弟たちは、もう少し西の別の建物だった。招かれた宮廷人たちには二一棟の一戸建てがあてられた。それらは中央水路の両側に六棟ずつならんでいて、生垣で互いにつながっていた。マルリーの常連だったラシーヌが書いている。「宮廷はヴェルサイユにおけるのとまったく違う」。儀礼も緩和されていた。

一七〇五年、ルイ一四世のマルリーへの滞在は、年の三分の一におよんだ。一七一四年には、そこへの滞在がヴェルサイユにいるのと同じくらいになった。したがって、これまで宮殿ではいつも驚嘆すべきほど熱心だった宮廷人たちも、君前に伺候するのにあまり几帳面ではなくなっていた。ほんとうのところ、治世の終わり頃には、ヴェルサイユの暮らしは以前ほど明るく晴れ晴れとしたものではなく、単調であることも多く、ときには退屈だった。若い人々にとって宮殿は、空っぽの貝殻でしかなかった。そのため一七一五年九月一日に王が崩御するとすぐに、まだ五歳だったルイ一五世は、摂政となったオルレアン公フィリップの権限で、ヴァンセンヌへ、次いでテュイルリーへつれていかれた。ルイ一四世の宮殿から完全に人がいなくなったわけではなく、どうにかこうにか維持されていたが、空になったように見えた。大貴族のノアイユ公爵が摂政に、ヴェルサイユをとり壊して貴重品をサン＝ジェルマン＝アン＝レーに移してはどうかと勧めたくらいだった！

一七一七年に、太陽王の居城をぜひ見たいというピョートル大帝を迎えて、活気づいたが、その後、ヴェルサイユは「眠れる森の美女の城」となった。一七二二年六月一五日、ルイ一五世はパリを離れて、そこをふだんの居場所とするために戻ってきた。とはいえ、宮殿は王の存在を独り占めしたわけではない。フォンテヌブローあるいはコンピエーニュのほかにも、王は、一七三九年に獲得したショワジーの小さな城、トリアノン、クレシーやポンパドゥール夫人の領分であるベルヴュ、ブーローニュの狩り小屋、サン＝ユベールなどに、短いがひんぱんに滞在するのを好んだ。最愛王はどこへ行っても退屈してしまう気質で、たえまなく居場所を変えて、それをはらいのけようとした。だが、そのことは宮殿の住民たちも混乱させた。王が不在だと、ヴェルサイユに大勢いた人々は、そっと姿を消した。大使たちも公僕たちも精勤する気にはなれない。ヴェルサイユには毎日のように大勢の人がつめかけることがなくなった。しかし王の主要な居まいではないかわりに、フランス宮廷の居場所ではありつづけた。そんなことが一七八九年一〇月の革命の日々まで続いた。

24
ヴェルサイユではいつも祝宴が行なわれていた

「ヴェルサイユではその頃あまりに祝宴が多かったため、四旬節［復活祭までの四六日間で節制・断食を行なう］が近づくのを喜んだものだ」

サン＝シモン

「王はあまりに多くの祝宴を催した。（中略）それはあまりに金がかかった。彼は（中略）あまりにひんぱんに戦争をし、城を建てたり祝宴を催したりして、あまりに多くの金をついやしたのを悔いた」

エルネスト・ラヴィス［一八四二―一九二二、フランスの歴史学者］

王が建築と戦争を好んだこととともに、ヴェルサイユでの祝宴は、しばしばルイ一四世とアンシャン・レジーム一般の失点だと考えられている。とはいえ、祝宴《フェット》や気晴らし《ディヴェルティスマン》、祝賀と公式のセレモニーは分けて考えるべきだろう。

城がまださささやかすぎて、館内ではできなかったため、ヴェルサイユの庭園はルイ一四世の若い、優雅でロマネスクな宮廷の祝宴に、戸外の舞台を提供した。ル・ノートルが造形した庭園では、一〇年間で三回の祝宴が催されたが、その評判の高さは、大勢の招待客によって証言され、国境を越えて、版画集や旅行記にその思い出が残された。

ヴェルサイユでの祝宴は、その少し前にニコラ・フーケがヴォーの城において王と朝臣のために催した祝宴に対抗する形で、一六六四年五月に行なわれた「魔法の島の歓楽」が最初だった。四年後、王は一六六八年七月一八日の輝く夜に、「国王陛下の大いなる気晴らし」を国民に提供する。一六七四年には、フランシュ＝コンテ獲得を祝って、七月四日から八月三一日までのあいだの六日間が、余興にあてられた。このときはじめて、庭園だけでなく城内にも招待客を迎え入れて、楽しませた。

治世はまだあと四〇年も続くのに、このような華々しい祝宴はこれが最後だった。たしかに、一六八二年より後にも、ヴェルサイユではその他の輝かしい祝宴が催されたが、それらは最初の三つの場合ほどなみはずれた性格をもってはいなかった。宮殿では王家の結婚式を祝って、豪華な余興が提供されたが、あの田園の大祝宴が復活することはなかった。庭園をそこなわないように、ということだった。

ヴェルサイユが宮廷の常設地として選ばれてからまだ半年の一六八二年一〇月になると、ルイ一四世は、壮麗な家具をそなえ煌々とあかりを灯した式典用の部屋部屋を使って、「アパルトマンの夜会」をはじめた。冬期の毎週月曜日と水曜日そして木曜日、宮廷人たちが招かれて夜の七時から一〇時まで楽しんだ。六つの広間には明確な割りあてがあって、ここでは音楽とダンス、あちらではコンサート、また別の広間ではビリヤードと軽食といった具合だった。この夜会は祝宴ではなかったが、喜劇、マスカラード、コンサート、舞踏会（これは毎週土曜日）を催す日として、宮廷の習慣となった。

単調さを破るための機会には事欠かなかった。宮殿の中庭や別館で行なわれる騎馬パレードがあったし、しびれをきらして待たれたカーニヴァルでは身体能力を競いあったり、はめをはずして楽しむことができた。もっと儀式的なものでは、外国の大使たち（とくにモスクワ、アルジェ、モロッコ、シャム、ペルシアからのエキゾティックな）を迎えたとき、あるいは有名な一六八五年のジェノヴァの総督《ドージェ》の訪問のときなど、盛大な行事が展開された。王家の婚礼には評判の高い余興、ごちそう、コンサート、軽食、ゲーム、舞踏会、花火がつきものだった。

だがアウクスブルク同盟戦争（一六八八―九七年）、次いでスペイン継承戦争（一七〇二―一三年）は王に、宮廷の暮らしぶりを抑え、娯楽をさしひかえることを余儀なくさせた。だれもが戦況の便りを待ちながらの日常を送っているとき、もはや娯楽は関心の中心ではなかった。また、一七一一年から王家では不幸が続き［一七一一年にルイ一四世の第一王子、一七一二年にその子、ブルゴーニュ公ルイ夫妻が死去］、祝宴どころではなかった。ヴェルサイユに憂鬱がしのびこんだ。老いた王は信心深くなり、娯楽を禁ずることまではしなかったが、参加することはなくなった。宮廷の若い世代は満足をあたえられず、王宮の外に気晴らしを求めた。パリが彼らを魅惑した。

ルイ一五世は一七三九年、長女ルイーズ＝エリザベートのパルマ公フィリッポ一世（スペイン王フェリペ五世の王子）との結婚の祝宴とともに、親政を開始した。「このような祝宴は三六年間なかった」とクロイ公爵が書き残している。公衆の前が苦手な最愛王は、曽祖父であるルイ一四世のような大祝宴への情熱はもちあわせていなかった。催したなかでもっとも豪華だったのは、まさに彼の治世の中間点で、一七四四年の夏、メスで病いに倒れ、フランス全土を心配させて人気が絶頂となった時期と一致している。一七四五年二月の王太子結婚の際の祝宴である。王太子の結婚というきっかけ自体、王の大がかりな娯楽への改心が遅かったことを浮き彫りにしている。一六六四年、ルイ一四世は二六歳だったが、このときのルイ一五世は、すでに三五歳になっていた。

一七五一年一二月のブルゴーニュ公［ルイ＝ジョゼフ＝グザヴィエ、ルイ一五世の孫でルイ一六世の兄だが一〇歳で死亡］誕生の際に催された余興とともに、世紀のなかばで絶頂を迎えた大祝宴の時代が終わった。二〇年のあいだ、王家で葬儀がくりかえされたことと、一七五六年から六三年の七年戦争によって、娯楽は中断された。パリ条約後も祝宴はすぐには戻らなかった。

王は年をとって、宮廷に出るのを避けることがしばしばだったうえに、財政上、過度の出費はできなかった。だが彼の治世の最後の数年、ふたたびヴェルサイユで大余興が催された。一七七〇年の未来のルイ一六世をはじめとして、その弟のプロヴァンス伯（一七七一年）、アルトワ伯（一七七三年）、クロティルド王女（一七七五年）と結婚が続き、またヨーゼフ二世（一七七七年）、ロシアのパーヴェル大公（一七八二年）スウェーデンのグスタフ三世（一七八四年）のヴェルサイユおよび小《プティ》トリアノン訪問があった。マリー＝アントワネットの領分で、一七八四年に最後の祝宴が行なわれた。

したがって、ヴェルサイユでは祝宴がたえず行なわれていたわけではなかった。とくに王家の洗礼式や婚礼といった特別な行事を祝うことは、そういつもはない。しかも外国との戦争や財政の困難から、ヴェルサイユもその住人たちもお祭り気分のなかで暮らすことは許されなかった。

25

ヴェルサイユは快楽の場所でしかなかった

「われわれはそれから大《グラン》トリアノンへ行った。軽薄な楽しみのためのもう一つの宮殿だ。ルイ一五世の治下に、人はそこへよく行ったが、そこを非常に気に入っていた王はそこでかなり淫らな宴会をしていたということである」

サー・ジョン・ディーン・ポール

ヴェルサイユを快楽だけの場所だと考えるのは、王の住まいに宮廷人たちを集めた第一の理由を忘れることである。ルイ一四世は政治活動を行なうつもりで宮廷をヴェルサイユに定めたのだ。しかし貴族たちを宮殿にひんぱんに出入りさせ、居住するよううながすには、楽しみの魅力や余興による誘いが必要だった。招かれたものにとっての「魔法にかけられた」城は、王政の中枢でもあった。たしかに宮殿は宮廷人、従僕、野次馬や請願者たちでいっぱいだったが、公僕や行政官ももちろん大勢つめかけていた。前庭の両側の閣僚の翼棟には、国務卿とその首席秘書官たちの執務室があった。もう少し城に近づいたところの、国王の前庭の左手にある古い翼棟の諮問会議の間《サル・デュ・コンセイユ》とよばれる部屋に、私設国務諮問会議のメンバー——国務諮問委員と調査官が、通常王は不在で集まった。

王の寝室は、国王の儀式に都合のよい、謁見の間としても用いられた。近くの、閣議の間《キャビネ・デュ・コンセイユ》（諮問会議の間とは別）は代表的な王の仕事場だった。そこで、「上の」国務諮問会議（つねに王の住居の二階にあったためこうよばれた）、内務諮問会議、財務諮問会議、さらには宗務諮問会議の審議が行なわれた。王はまた、親しい人々や無任所大臣もよんで、彼らの意見を求め、謁見を許し、それが短ければ入り口ですませ、あるいは「だれかに存分に気兼ねなく話そうとするときは、諮問会議の末席に座るのが王のやり方だった」とサン＝シモンが証言している。

マントノン夫人のアパルトマンで、閣僚に会うこともあった。「陛下の仕事「大臣から君主への報告のこと」」と名づけられた各省のトップとのさしむかいの会見は、よく夫人の同席で行なわれた。夫人はすきま風を避けて、彼女の居場所、内側にキルティングをほどこした可動式アルコーヴのなかでなにかしら針仕事をしていた。静かだが、注意深くそこにいた。熱心に聴いているようすを見せることなく、大臣たちの会話を一つも聞き逃さなかった。

このように、ヴェルサイユは、王国の政治、外国大使のレセプション、地方長官、将軍、司法官との会見に大いに結びついていた。ルイ一五世とルイ一六世の時代、ヴェルサイユでは重要な政治的儀式、国王隣席の裁判である親裁座が設けられ、通常ならパリ高等法院の大法廷で開廷される、王がみずから主宰する荘厳な審理が行なわれることもあった。この儀式は衛兵の広間で行なわれたが、そこはパリの大法廷に似せるような内装がほどこされていた。一七三二年から八八年五月まで、九回の親裁座が行なわれた。高名な「緋色の法服たち」の召喚は、政府と、つねに「王の専横」を告発しがちだった、その主要な反対派とを分ける溝の深さを表していた。

たとえマリー＝アントワネットがトリアノンのアモー（村里）で羊飼いごっこをしたり、王妃の舞踏会を催して、何事にもあきた無感動な宮廷人を喜ばせたりしていたとしても、ヴェルサイユは統治の場であり、王国の政治の中心だったのだ。

26

ヴェルサイユがフランスを破産させた

「これだけ巨大でこれだけ費用がかかる宮殿の、けたはずれに大きい欠陥はあげきれない」

サン＝シモン

「ヴェルサイユはぜいたくと浪費の怪物だった」ジュール・ミシュレ［一七九八―一八七四、歴史家］

「ルイ一四世は自尊心を満足させるために、臣民の財産を湯水のごとく使った。彼の宮廷と彼が建てさせた宮殿、とくにヴェルサイユ宮殿には莫大な費用がかかった」

エルネスト・ラヴィス

これほどくどくどとくりかえされるテーマ、これほどたえず起こる批判、これほど変わることのない嘆きはない。ヴェルサイユにかかった費用は告発されつづけて止むことがない。共和制がアンシャン・レジームを批判するとき、かならず好んでとりあげる話題だ。それほど知られていないことだが、ルイ一四世とその後継者たちの同時代人からも同じ批判はあった。今日もなお、宮殿が飲みこんだといわれる金額の問題は、宮殿のみごとさを称賛した直後の見物客たちもかならずといっていいほど口にする。とはいえ、建造物そのものにかかった費用と、宮殿が受け入れた宮廷にかかった経費とは分けて考えるべきだろう。

ヴェルサイユの建設にかかった費用は、国王付建設局の収支報告書が教えてくれるが、それは一六六四年、コルベールが「国王付建設局長官」として任命されたときにはじまる。戦争と平和が、ヴェルサイユの建築や改装のリズムとなっている。年表が示すように、王国の財政難が工事を遅滞あるいは中断させる一方で、軍事費が減れば工事は再開され、続行される。一六六八年に調印されたアーヘンの和議で、年間の平均経費は一六六七年の二〇万から二五〇万リーヴルまで急増した。オランダ戦争（一六七二―七八年）がはじまると、支出は突然四分の一に減るが、ナイメーヘン条約（一六七八年）の直前からまた増大する。一六七九年にはそれにマルリー宮建設の負担がくわわる。一六七八年から八二年の年間平均費用は四〇〇万リーヴルに達した。

一六八五年には北の翼棟の建設、続いてオランジュリーの工事が続き、記録的な数字となった。六一〇万三〇〇〇リーヴルはかつてなかった額であり、その後も二度とそれ以上にはならなかった。しかしながらこれに、マルリーの機械の七一万八〇〇〇リーヴル、そしてウール川の流れを変えるといった常軌を逸した工事の二〇〇万をくわえなければならないので、合計すれば八八二万一〇〇〇リーヴルとなる。

その後アウクスブルク同盟戦争（一六八八―九七年）により工事現場は閉鎖される。支出はまた、四分の一に縮小し、ヴェルサイユの発展はとどこおった。九年間にわたって、年間の支出は平均で三〇万リーヴル以下となっている。一六九九年には工事が再開されたが、一七一〇年は別として、支出が一〇〇万リーヴルを超えることがなくなる。またすぐにスペイン継承戦争（一七〇二―一三年）がはじまり、礼拝堂の完成は別として、宮殿の改装は困難となった。

一六六一年から王が崩御する一七一五年までの五四年間に、ヴェルサイユとトリアノンにかかったのは六八〇〇万リーヴルだった。マルリーの機械とウール川の工事につぎこんだ費用も八二〇〇万リーヴルにとどいていない。通貨も物価も給料も違い、考え方――ある時代には国家の威信のための出費はぜひ必要だと考えられたが、別の時代はそれを禁じる――も異なるため、現代ではいくらにあたるかをいうことはできない。だがたしかに数字は大きいが、ロマン派の歴史家の算定が信じさせたより少なく、事情をよく知らない一般の人々が想像するより少ないのだ。

ヴェルサイユの出費が、ルイ一四世の宮廷の輝き、そのことで可能となった貴族の鎮圧、もっとも美しい宮殿としての世界的名声の点から見て、高くついたかどうかは疑問である。三世紀たったいま、そこにかかった金額よりヴェルサイユの輝きのほうに敏感であることも許されるだろう。

ヴェルサイユはたんにルイ一四世が建てた居城というだけではない。宮廷を迎え入れた宝石箱のような容れ物でもある。多くの同時代人にとっての宮殿の建設と宮廷の活動は、国をむしばむものだった。

ルイ一五世の宮廷費用の詳細は、たいていの場合、われわれの詮索をのがれている。それだけ公共会計がまわりくどい経緯をへているのだ。ヴェルサイユにかんする建物の勘定は、工事費、住居に必要な部分的改造費、城館と庭園の維持費を集計したもので、ピエール・ヴェルレによると、一七六五年から七七年のあいだは年間六〇万リーヴルと推計される。その後は一〇〇万リーヴルを超える。これはヴェルサイユ宮殿だけの出費ではない、というのも、王宮はヴェルサイユだけではないからだ。ルイ一五世は、人も知るように、パリ周辺に「狩猟用の」小さな城を買ったり、建てさせたりしているうえに、コンピエーニュを建て替え、フォンテヌブローに装飾をほどこし、改装している。ルイ一六世は、一七八三年にランブイエを、翌年には改造に金のかかるサン＝クルーを購入しているが、これらの建物は、なくてはならないものには見えないのに、年間三〇〇から四〇〇万を必要とした。

運営費は、推測するに、宮殿そのものへの出費よりずっと多かった。非常に経費のかかるサービス部門のなかに、食費、大小の厩舎、狩猟、多すぎる王族の世帯の召使い（一七八九年には一ダースほどあって、その維持費が国の財政を窮迫させた）がある。これは縮小できないとみられていた出費だった。召使いには給料を払わなければならないからだ。同様に、宮廷の金のかかるぜいたくも、王国の威信に必要であり、経済的効果もあると考えられていた。労働者も職人も商人も、みなヴェルサイユに依存して生活していたのだ。

支出が増大しつづけたのは、むだづかい、背任行為や不正行為に原因がある。不適切な財産管理が支出の上昇をまねいていた。規則が複雑でわかりにくいことが、不正直者や寄生者に不当な利益をもたらしていたのだ。宮廷の予算を減らすことが、絶対に必要だった。多少なりとも幸運なことに、チュルゴ、ネッケル、ロメニー・ド・ブリエンヌがそれを試みた。雇用は削減され、業務は再編成された。一七八八年、宮廷の支出は、まだ四二〇〇万リーヴルを奪っていた。さらに厳しい会計ならこれを減らすことができ、より断固とした政治的意志があればむだづかいと不正をなくすことができたかもしれない。しかし、四二〇〇万というのは、国の支出の六・六三％である。一方で負債の返済額は二億六一〇〇万で、四一・二％を占めていた。

その他の節約で国の財政の安定を回復し、負債を減らすことはできなかっただろう。だが、思慮深い経済政策がとられたなら、「赤字夫人」とよばれた王妃の軽薄さと彼女のとりまきの貪欲、首飾り事件のスキャンダル（一七八五年）に怒っていた世論をなだめることも可能だった。ルイ一六世とマリー＝アントワネットは、納税者の怒りを無視するという、政治的過ちを犯してしまった。予算の点からいえば、ヴェルサイユは宮殿も庭園も、それほど経費がかさむものではなかった。しかし、自分の城館にこもって、王国から遮断された王政は、目立った出費をしてみせても、ルイ一四世の治世と違って、なんの利益も得られなかったのだ。

27

ヴェルサイユは王の威厳を示す劇場だった

「宮殿の輝かしい威厳と壮麗さが、だれの目にも王権の栄光をはっきりと示しますように」　ボシュエ

この宮廷でもっとも名高い説教師から、過去や現在におけるさまざまな宣伝用ポスターまで、ルイ一四世のヴェルサイユは、王の威光のもっとも完璧な容れ物と考えられている。君主の決まりどおりの日課の舞台である王の寝室、宮廷人の群に囲まれて王が日々行き来していた大ギャラリー、そして、プリミ・ヴィスコンティに「女王蜂がミツバチの群とともに野原へ出かけていく」情景を思わせた、王の四輪馬車の出入りで活気づく宮殿の前庭、国王陛下が徒歩あるいは車椅子で、自分で決めた順路にしたがって客を案内してまわるのが好きだった庭園。あらゆる場所が王のイメージにきわだって明

確な形をあたえている。そのため、現代のわれわれには、それと一体になっているように見える王政の華麗さ、金や大理石、祝宴や式典ぬきのヴェルサイユは考えられない。早計な訪問者は、宮殿ではプライベートな息ぬきはいっさい禁じられていたと思うだろうし、部屋着姿の太陽王など想像することができないだろう。

王権の威光は、王室礼拝堂での新しい精霊騎士団員の入団式のような特別の式典の際、厳かに表明された。精霊騎士団はアンリ三世によって一五七八年に創設された、王国でももっとも栄えある騎士団で、その称号をもつものは、十字の先端が分かれてとがった先に二つずつ、八個の点がついた十字勲章をつるすリボンの色から青綬《コルドン・ブルー》佩帯者とよばれた。また、いわゆる「なみはずれた」外国の人物を迎えるときも同様、群衆、大抵の場合は大群衆が、宮殿の大ギャラリーに集まった。一六八五年五月のジェノヴァ共和国の総督の訪問、その翌年のシャムからの使節の引見、あるいは一七一五年二月のペルシアの大使の訪問のときである。

こうして同時代のフランス人にも外国人にも、また後世の人々にも、すばらしくて、威厳はあっても、かたくるしくて、延々と続く儀式で固まった王宮のイメージが幅をきかせることになった。それらの儀式は、要求の多い宮廷の作法にしたがい、ときに滑稽なほどに細かい点にこだわっているらしい。ヴェルサイユは、太陽王を手本とした、自由と自然さが禁じられた宮殿ということになってしまったようだ。

宮殿のほんとうの性格はもう少し微妙なものだった。たとえばペルシア国王の使節を迎えたとき、王はむしろ簡素な式典を企画した。ギャラリーではなく「玉座の間とよばれたアパルトマンの寝室で、そこには階段がたった一段ついた壇とふつうの肘掛椅子があっただけである」。ルイ一四世は人が想像するほどには、壮大な儀式に執着していなかった。

十分とはいえないまでも、ある程度のプライバシーを望み、儀式の重圧を緩和したいと思った王に、ヴェルサイユはそれほど厳《いか》めしくない空間も提供していた。一六七八年になってすぐから、ルイ一四世は、最初は、主屋の一階にあったぜいたくな湯殿のアパルトマンで、その後は収集品を集め、家族のメンバーに楽しみを提供するためにモンテスパン夫人が使っていたアパルトマンを拡張した内側の私的アパルトマンで、そして最後には、王を午前も午後も迎えて宮廷の儀礼からしばし隠してくれる、もう少し狭いマントノン夫人のアパルトマンで、くつろぎと休息を味わうことを好んだ。王はそこにいるのが快適だったので、しだいにそこで大臣たちと会うようになり、やがて宮廷儀礼《エチケット》を無視して夕食も運ばせるようになった。

このように、宮廷人がだれでも集まり、王が王としてふるまう公式の広間のすぐそばに、「内側」が、それほど厳しくない王が家族や数人の側近とすごすため、ある程度のくつろぎをあたえていたのだ。

公的な生活からもう少し時間を盗んで、周囲の人々を満足させ、好きな田園での暮らしをかなえるために、ルイ一四世はマンサールにマルリー宮（一六七九—八三年）の建設をまかせた。そこには友人たち——厳選した五〇人ほどの臣下——だけを受け入れ、作法も緩和した。治世の最後には、宮殿の「栄光と威厳と厳しさ」を投げ出して、年の三分の一をマルリーですごすこともあった。

このようにヴェルサイユでは、注意深く用意された場所で、ルイ一四世は自分の趣味を満足させ、国王陛下の役割を演じなくてよいプライベートな暮らしをすることも可能だった。彼の後継者は生涯をとおして、個人と君主とを分けようと努めたが、だからといって、宮殿に太陽王の統治のもとで獲得された偉大さを維持しなかったわけではない。訪問した人々が異口同音に指摘している。ルイ一五世の宮廷には、大御代《グラン・シエクル》というにふさわしい壮麗さがあった。ルイ一六世もそれを維持しようと努力した。シャトーブリアンは、革命の前日にも「ルイ一四世があいかわらずそこにいる」ようだった、と言っている。

アンシャンレジームの最後の世紀も、君主たちは儀式を保存し、(時間は別として)王としての日々の重要な日課に従い、威厳をもって公式の儀式をとりおこなった。しかし私的な生活の魅力は王の義務より強かった。最愛王は祖父から受け継いだ内側のアパルトマンでは、まだプライバシーが不十分だと感じ、中二階にあるプティ・キャビネあるいは小アパルトマンのほうを好んだ。王はそこを縦横に改造し、たえず手直しして自分の領分を作り上げていた。ルイ一四世には戦場以外で臣下といっしょに食事をすることを認めなかった宮廷の慣習を破って、ルイ一五世は親しい人々を食卓に招いた。二〇人ほどを集めてのルイ一五世の「プティ・スーペ」は、最後には本物の慣習とみなされるようになった。そこではあらゆる序列が廃止された。席順もなくテーブルに着き、君主と親しく言葉をかわした。雰囲気は王政の厳めしさや重々しさとは遠かった。こうした会食のおかげで、王は公式晩餐《グラン・クベール》の仰々しさをまぬがれ、選んだ仲間のおかげでしつこいへつらいを避けることができた。

したがって、ヴェルサイユでは王としての公式の生活も続けられていたが、内側には大衆の知らない、ほとんどブルジョワ階級のような暮らしが用意されていた。ルイ一四世の大御世においては、宮殿はリゴーの絵にあるような荘厳なイメージをあたえていた。ルイ一五世やマリー＝アントワネットの時代になると、ヴェルサイユは君主たちにシャルダン風の気どりのない室内画の世界を楽しむことを許した。

28

ヴェルサイユには大勢の宮廷人が住んでいた

「宮廷は、定住するだけでなく通うのにも、宿舎がなくては耐えがたいし、むりである」

サン＝シモン

「つねづね気づいていたのだが、宮廷でするご気嫌とりのたった二つのほんとうの恩恵は、国王寝所への入室特権とよい住居だ。（中略）それに比べればその他のことはとるにたらない」クロイ公爵

ヴェルサイユにおいて、ルイ一四世は「宮廷が大所帯であること」に執着した。たしかに、最初のヴェルサイユにはひとにぎりの宮廷人が招かれただけだった。だから恩恵だった。王がヴェルサイユ

を自分の宮殿のなかでもっとも豪華なものに改造したとき、すべてが変わった。一六八二年に定着すると、宮廷は膨張し、「最盛期には一万人近くを数えることができた」。しかし実際の正確な数はわからない。宮殿に出入りするために台帳などに記録するということはなかったからだ。それに一万人は、宮廷人一万人を意味しない。一時的に立ちよる訪問者、請願者、出入りの商人、行政官や役人たちもふくまれている。常連はもっと少なく、おそらく半分くらい、そしてその全員が宮殿に住んでいたわけではまったくない。そうした恩恵に預かっていたのは、三〇〇〇人を超えることはなかったはずだ。ルイ一四世は宮殿の住民たちにつねに姿を見せることを要求した。王の寵遇を得られるかどうかは、それにかかっていた。

反面、王はあまりにしょっちゅう欠席する貴族には恨みをいだいた。請願に対して、恩恵の拒否とともに発せられた、有名な「その者は知らぬ」あるいは「その者には会ったことがない」がそれを十分に表していた。忠実な宮廷人は王の生活の決められたあらゆる時間に、そこにいなければならなかった。起床、就寝、食事、散歩…さらに余興にも参加しなければならない。そんなわけで、ヴェルサイユで祝宴が行なわれるときは、まさに雑踏となった。

王は精勤を求めたが、それでもときには違反や怠慢があった。一六九〇年代の終わりになると、ルイ一四世は、側近を長期見かぎることはなかったが、マルリーかトリアノンに「もっと引きこもりたがる」ようになった。あいかわらず宮廷での余興を催したが、年齢のせいもあって、参加することはなくなった。一七一一年以降、王家では不幸が続き、ヴェルサイユは陰鬱になった。そのため、宮廷人、なかでも若い世代は、宮殿をすててパリに楽しみを求めた。王の死に先立つ数年、ヴェルサイユにはもはや貴族たちを引き止める力がなかった。

一七二二年、七年の不在の後［ルイ一五世は一七一五年からヴァンセンヌ宮、それからテュイルリー宮にいた］、ルイ一五世の宮廷はヴェルサイユに戻り、宮廷人の精勤も復活した。ヴェルサイユの住民たちは、ときに最愛王の不在にいらだったが、概して宮殿に忠実でありつづけた。毎日つめかけているることはなくても、公式の式典、祝宴、任命昇進の儀式にはまだ人が集まった。

しかし治世の終わりになると、一七六九年四月二二日に行なわれた新しい愛妾デュ・バリー夫人紹介の儀と、ルイ一五世の高等法院に対する強権発動［一七六六年三月、王権と対立を深める司法官たちの強硬な態度に腹をたてた王が、パリ高等法院にみずからのりこんで、絶対王政の原理を表明する演説をするとともに、司法改革を強行した］が、すっかり熱意を冷ましてしまう。ヴェルサイユはもはや宮廷社会の唯一の会合の場所ではなくなっていた。

「ヴェルサイユへ来ませんか？」ルイ一六世とマリー＝アントワネットは懇願の調子をおびた愛想の良さで、宮廷へ人々を誘った。アンシャンレジームの末期にはそれほどヴェルサイユは孤立していた。ルイ一四世の尊大な視線は、そこに来ていない者を見つけたものだが、いまや、国王夫妻は人集めのための勧誘をするのだった。

夏は宮殿が空になった。平日も同じだった。人々は祝宴の機会に、またときには伝統的に大使の日である火曜日、もっと多くは日曜日に、国王の前に伺候するだけになった。ヴェルサイユは、あまりに知られていないことだが、週末以外はかつての輝きをとりもどせなかった。重要な出来事だけが宮廷人を確保することができ、王子や王女の誕生、外国の君主の訪問の際は、一時的に宮廷の人数が増加した。一月一日から四旬祭までの毎水曜日、王妃が主催した舞踏会は、まだ人々を宮殿に引きつける力があった。人々は明け方まで踊ってパリへ帰っていく。義務が果たされ、燭台の明かりが消えると、貴族たちは街へ急いで戻った。ルイ一六世とマリー＝アントワネットのヴェルサイユは、もはや宮廷人の中心地ではなく休憩所、経由地のようなものになっていた。

宮廷に人々を引き止めていられた時代には、ヴェルサイユ宮に住むことは、願ってもない恩恵だった。宮廷人、宮内府の役人、公僕たちはこの巨大な隊商宿のようなところに自分の居場所を見つけなければならなかった。ヴェルサイユは、したがって宮廷人たちを住まわせたが、かぎりない困難とひきかえであり、職務を遂行できるように、あるいはたんに恩恵として、ぜいたくな場合もあったが、大抵はみすぼらしい住居をあたえた。

若い国王ルイ一五世が宮殿に戻ってきた一七二二年頃には、三六四のアパルトマンがあり、そのうち五戸は国王とその近親者、二五六戸は血縁の王族や宮内府の役人そして宮廷人にあてられた。一七八一年には、宮廷人が利用できるアパルトマンは四分の三に減っていた。だがこの数字には裏がある。付属建物、地下室、屋根裏部屋、薪置き場なども住居と名づけられて、立派に数に入っていたのだ！時期によって、一つをつぶしてもう一つを広げることがあったし、一つを区切って二つにすることはもっとよくあった。仕切りの位置を変え、中二階を作り、出入り口をふさいだり、逆に壁に穴を開けたりすることで、数が変わった。また住居の数から宮廷の人数を推論するのも、まったくもって無謀である。アパルトマンには夫婦もいれば、家族で住んでいる者、一人暮らしもいるからだ。しかもヴェルサイユの住民のなかには、宮殿の外の大サービス棟、大、小の厩舎、さらには近所の個人の邸宅に住んでいる人々もいた。

それは、宮殿の常連たちがみな同じ地位ではなかったからだ。宮廷人でなくても宮廷に姿を表すことはできる。昼間を宮殿ですごして、夜パリへ帰る人々は、「使い走り」とよばれていた。ヴェルサイユの街に個人の邸宅を所有する人々は、王の住まいの近くの定住生活が可能だった。早くも一六六五年、大貴族のなかには、王のヴェルサイユへの関心が強まっているのを見ぬき、彼を喜ばせようと、宮殿に面して館を建てさせた者もいた。こうしてアルム広場の近くには、裕福な宮廷人たちの仮住まいに便利な煉瓦と石造りの邸宅が建てられた。ルイ一四世は館の建築を奨励するために、一六七一年には、家を建てたいと望む者にはだれでも無償の土地をあたえ、こうして建てられた住居を抵当や差押えから免除した。

しかしながら、これらの豪華な邸宅もなお、王の住まいからは遠すぎるように思われた。だれもが、町のなかに居をかまえながらも、宮殿のなかの陛下と同じ屋根の下に住みたいと願った。そうなることは、「住民」という一種の社会的階層のように聞こえる愛情のこもった言葉でよばれる恵まれた人々を、大喜びさせた。こうした特権に与かることは、めざましい寵遇で、たいへんな利益だった。たんに便利だということもあった。「住民」はもう到着や出発の時間に拘束されない。宮廷人の義務を熱心に遂行し、広間に遅くまでいることも、庭園を長時間散歩をすることもでき、王の儀式化された暮らしのあらゆる瞬間に関与することができた。また宮廷人としての苦労が軽減された。着替えたり――貴婦人たちは日にすくなくとも三回着替えなければならなかった――立ちっぱなしの姿勢を要求される儀式のあいまに休憩したり、大急ぎで短い手紙を書いたり、プライベートに友人の訪問を受けたり、などができることは価値ある利点だった。

そこで、だれもが住居を願い出た。宮殿の総督ノアイユ公爵は、住宅希望者たちに「うるさくつきまとわれています」と言っている。懇願をくりかえし、策を弄し、ズルやなんらかの卑しい行為さえしてもかなわないときは、人生の浪費だった。不興をかえば、住居を手放さなければならず、とたんにほしがっていただれかがそこを占領した。好意をとりもどすことができると、逆に狭い場所でひしめきあうことを余儀なくされた。

これだけ多くの熱望と、これだけの多くの失望が生まれるのには理由があった。アパルトマンの数が十分でないのだ。ヴェルサイユはつねに住宅危機にみまわれていた。ルイ一五世の治世の終わりごろまでは、アパルトマンの不足が常態だったようだ。王家での誕生が続くと、宮廷人に割りあてられていた空間が減ることになるが、死亡の場合——一七六四年のポンパドゥール夫人、一七六五年のルイ一五世の王太子、一七六八年の王妃——は逆に住民に有利な再編成が可能となった。一七七四年のルイ一六世の即位で、住居にかんする緊張が再発した。王家の人数が増えたからだ。そこで住居をあたえるのは、王族の首席侍従、および女性王族の女官と化粧・着付け係のみとした。このように過密な王宮のなかに住居を獲得することは、偉業だと考えられた。

それを当然の権利として要求できるのはだれか？　宮殿での役割があれば、それを根拠に権利を主張できた。まず、宮殿内に住むことを前提とした大小の職務がある。副次的な人員はささやかに、一般的には付属の建物のなかに、一部屋かふた部屋、あるいは一部屋を分けあうことさえしばしばあった一方で、陪食朝臣［宮内府の廷臣や最高法院の評定官などにあたえられた称号］という重要な職務や王の側近となると、その人物は陛下の住まいに近いアパルトマンに住むことができた。陪食朝臣は四半期（つまり三か月間）つとめると、その同僚が彼のアパルトマンも引き継ぐことになっていた。

しかし、役職のヒエラルキーがかならずしも住居の大きさや割りあてを決めるわけではない。王の好意が宮殿に住めるかどうかの鍵となる。王のみが、この恩恵に同意し、拒否し、奪うのだ。したがって、宮廷は空き部屋の割りあてを狙って、ルイ一四世が侍従長のボンタンと、あるいはルイ一五世が、ヴェルサイユの総督とする対話に神経をとがらせた。だれかが退任？　空いたアパルトマンには、すぐさま一〇人の希望者が願い出るといった具合だった！

さらには、住居にもいろいろあることを考慮に入れなければならない。なかにはぜいたくなものもある。王族や大貴族は大抵、快適な住まいを得る。北の翼棟三階にあるノアイユ元帥のアパルトマンは非常に広く、そこへ通じる廊下が「ノアイユ通り」とよばれるほどだった。サン＝シモンが一七一〇年に手に入れたアパルトマンも、妻がベリー公爵夫人付きの女官に任命されたおかげだったが、それに少しも引けをとらない。三階にあって、北の翼棟の中庭のひとつに面した八つの窓から日が入る、大きな五つの部屋（二つの控えの間、二つの寝室、書斎）で構成されていて、それに中二階の窓のない小部屋、衣装部屋、召使いの部屋、物置がついていた。その上、一階に付属の台所もあった。サン＝シモン閣下は最高の幸せ者だった。

住居に対するさしせまった必要から、宮殿の付属建物も利用された。大サービス棟には、一階に台所と王の配膳室があったが、上の階にはアパルトマンや寝室があって、大貴族、政府の役人、そして国王陪食官、たとえば外国大使を国王に謁見させるため先導をつとめる役人だったサントーや、音楽家のドラランドらがそこに住んでいた。ル・ノートルもルイ一四世からよせられた友情のおかげで、そこにアパルトマンを所有していた。ほかの人々は、天井の低い狭苦しくて貧弱な部屋でがまんしなければならなかった。屋根裏部屋のこともあったが、まさに「ネズミの巣穴」であるその屋根裏部屋が、主屋にあって、王のアパルトマンの上に位置するなら、住人は満足だった。狭さや住み心地の悪さは、陛下と同じ屋根の下に住める、というぜいたくをいささかもそこなうことはなかった。

29 ヴェルサイユは魅力的な住み処だった

「(宮殿) を毎日見ている人々、またもっとも慣れ親しんでいると思われる人々もなお、感動する。そして何度訪れても称賛の念は薄れることがない」ジャン・ド・プランタヴィット・ド・ラ・ポーズ

王の暮らしを共有する光栄は、おそらくヴェルサイユに住むことを天国の控え室にいるようなものとするだろうが、宮廷人の日常生活はむしろ煉獄に似ていた。決して十分に広くなく、つねに未完の宮殿から生まれる不快はそれほどに、そこに住むことの喜びをそこねていた。パリまたはヴェルサイユの私邸で、あるいは地方の城館で快適さを享受していたフランスの名門貴族たちは、それがヴェルサイユにおいては奪われてしまうことを覚悟しなければならなかった。暖房、照明、食糧の調達、火

事の危険、混雑、メンテナンスなど、個人がそれぞれ自分の家で解決しなければならない問題だが、過密なヴェルサイユでは、そうした問題がいっそう深刻だった。

住居の改善は、長いあいだ、受益者の要求やわがままからくるおきまりの悪用をともないながら、王の負担で実行されていた。だが、やがて財政状況がそれを許さなくなった。そこで、一六九九年一二月、ルイ一四世は倹約を決意し、以後住居の改装や拡張の場合は主席建築家の承認を得たのち、それを要求する者の負担ですべし、と宣言した。この制限措置にも例外やかけひき、それに差別待遇があった。この措置が実施されると、ヴェルサイユの住民たちは、どんな個人的支出も嫌がって、住居の不具合を素人細工で修理したので、それによって時間の経過による自然な劣化に、さらなる損傷をくわえることになった。

そのうえヴェルサイユで暮らすことは、騒がしい蜂の巣のなかで暮らすことで、静かなのは夜と国王が不在のときだけだった。宮廷人も王家の人々も、あまり文句も言わずに日常の不便をしのいでいた。混雑は宮殿周辺や前庭にも発生していて、馬、乗合馬車、四輪馬車の列がとぎれることがなかった。庭園でも宮殿内でも、群衆がひしめいていた。王妃の寝室は、毎日六〇人以上の貴婦人でこみあっていた。禁止にもかかわらず、だれかを乗せて運んで来たカゴが通路をふさぎ、控え室に積み重ねられていた。それを置く場所は、まことに頭痛のタネだった。その上、王のアパルトマンが錯綜していて、あちこちに袋小路や行止りがあった。

したがってヴェルサイユで暮らすには、雑音に無頓着でなければならない。人でいっぱいの控え室やギャラリーの喧騒は少しも休息させてくれないからだ。ルイ一四世の認知された息子［モンテスパン夫人とのあいだの三男」であるトゥールーズ伯爵が一七一一年一一月に結石の手術をしたときは、アパルトマンの上に位置する大ギャラリーを数日閉鎖しなければならなかったほどだ。

芸術のもっとも美しい成功例が醜さと隣りあわせのことがある。宮殿へ続く高貴な並木道にはしばしば建築材料が積み上げられていたし、宮殿の規則も、美観をそこなう汚点の存在を、習慣で認めていたり、弱気のせいで黙認したりしていた。王に供された食事の残りものを売る露店、居酒屋やさまざまな小屋が前庭にはびこり、宮殿によりそうようにして、手がつけられないほど雑然とならんでいた。

また、ヴェルサイユで暮らすなら、寒さに耐えなければならなかった。多くの住居には暖炉があったが、だからといってそれほど暖かくはなかった。天井やぴったりとは閉まらない窓から暖気は逃げていった。屋根裏にあるアパルトマンは、寒さに対してもっとも脆弱だった。それだけ暖炉の具合が悪かったのだ。風が煙を吹き戻すので、家具も壁も黒くなってしまうし、雨は部屋に流れこんだ。

暖炉のかわりに、あるいは暖炉の補充として、人々は火鉢《ブラゼロ》（その頃は「ブラジエ」とよばれていた）を手に入れて、大アパルトマンにまで置いた。間接的な暖房も知られていないわけではなかった。大ギャラリーは床から暖められていた。一六八四年に、中二階に設けられた装置によってギャラリーに「暖気を送る機械」を注文した、との建設局長官の証言がある。

一八世紀には、金属や陶器のストーブが多く作られていて、隣接する二つの部屋を温めることもよくあった。それらはとくに北欧や東欧で親しまれていて、一七七八年からはベンジャミン・フランクリンが考案した改良「対流式の鋳物の炉を暖炉のなかに組みこんで暖房効果を上げたもの」をとりいれていた。

もっともヴェルサイユのすべての住居が寒さと暖気の不足に悩んでいたわけではない。すべてが煙で真っ黒になってしまっていたわけではない。当事者たちは自分の住居の改善をしてもらいたいがために、この不便を強調しているふしもある。

農民の藁葺きの家より、ルイ一四世の宮殿のほうが王国を襲う厳しい冬から守ってくれるということはなく、一七〇九年のすさまじく寒い冬のことはだれも忘れなかった。ヴェルサイユでは宮廷人たちが、多くの人身の犠牲を出した下層階級の人々と同じように、ワインが王のグラスのなかで凍り、インクがペン先で凍結するほどの激しい寒気を耐えしのんだ。みなが、ふだんは非常に頑健なプランセス・パラティーヌにならって、身を守った。彼女が書いている。「わたしは燃え盛る火のそばに座っています。閉めたドアの前についたてを置いて、首にはテンの毛皮を巻き、足には熊の毛皮をかけていますが、それでも寒さに震えています（中略）。最悪なのは、この寒さが肌を刺すような風をともなっていることです。なにか飲もうとすると、こんなに火のそばでも、ワインも水も氷に変わってしまいます。食べようと思うものも凍っています（中略）。だれも暖炉のそばから動こうとせず、咳きこんだり、痰を吐いたりしています。聞こえるのは、その音ばかり」。一月から三月までの王国での死者は数えきれないほどで、ヴェルサイユでも多くの住民が死亡した。

ルイ一四世は寒さをそれほど気にかけなかったようだが、その後継者は同じような耐性をもちあわせなかった。一七〇一年にできた太陽王の寝室は暖房ができなかったため、ルイ一五世はそこで震えあがった。そこで一七三八年の冬病気になってしまった王は、風邪を引かなくてすむようなより快適な寝室の設置を決めた。南側に二つの窓がある、もとのビリヤードの間が選ばれた。翌年の春には、ルイ一五世はそこで眠ることができるようになった。

より都合のよい住居を求めて、宮廷人たちは、交換の自由をあたえてくれるよう、ヴェルサイユの総督に働きかけるのと同時に、現在使用している住居の改修工事の依頼で建設局を攻め立てた。ある人々は石造りのマントルピースを、ほかの人々は二重ガラスあるいは「二重の枠」を、また外部から追加の暖炉の煙突をとおすこと、あるいは隣の煙突から枝分かれさせる許可を要求したが、この最後のものはファサードの形をそこなったり、火事をひき起こしたりする危険があった。

ところで、火事の危険はつねにあった。ロウソクの消し忘れや煤のつまった暖炉、煙突の雑な配管、可燃物のそばにある錆びた煙突のせいで惨事が起こった。これだけの危険がありながら、ヴェルサイユが全焼をまぬがれてきたのは奇跡といえるだろう。

一七〇七年五月、暖炉の火が原因で、北の翼棟のアティクにある広いアパルトマンに火事が発生した。その翌年には、トゥールーズ伯爵がベッドのなかであやうく重いやけどを負うところだった。ロウソクの灯りで本を読んでいて、消さないまま寝入ってしまったのだ。一七五一年には、激しい火事で大厩舎の一部が焼け落ち、その一〇年後には小厩舎でも火事があった。宮廷歌劇場が建設されるより前に、北の翼棟の端の部分も炎の餌食となった。ポンプのようなものはあってもまだ原始的で、最初は手桶、のちには皮でできたホースを手に、有志が火と戦った。水源の場所を知っている土地の水道業者、衛兵や兵隊、さらには屋根に登るのが得意な大工や屋根葺き職人である。その後一七八五年に、専門の消防隊が常設された。

宮廷人たちに、自分の住居をもっと住みやすくしたいという要求がたえずあったことは、宮殿の住み心地があまりよくなかったことの証拠である。たしかに、宮廷における地位が高いことや重要な役職にあることで、建設局の便宜を得ることはできた。とはいえ、住居に台所がついていることなどは、まれな特別待遇の場合だけだった。また、大々的な改装工事ができるのは、王家のなかでも数人にかぎられていた。たとえば、上下階をつないで行き来する動く椅子を、天井や床に穴を開けて設置することが、モンテスパン夫人とのあいだの認知された子である公爵夫人《マダム・ラ・デュッシェス》［コンデ親王ルイ三世ブルボン公と結婚したルイーズ・フランソワーズ］に許された。ある日、この原始的なエレベーターは二つの階のあいだに夫人を立ち往生させてしまい、以後二度と使用されることはなかったのではあるが。のちにポンパドゥール夫人も似たような装置のおかげで、主屋の一階から自室のあるアティク［三階］へ行くのに、エペルノンの階段を歩かなくてすんだ。

祝宴や舞踏会の際、ヴェルサイユはおびただしい灯りで輝いた。松明、燭台、枝付き燭台、ピラミッド型燭台、大燭台、シャンデリア、腕の形をしたウォールライトが広間を真昼のように照らした。だが、余興が行なわれないときは、夜が来ると、明るいのは何個所かの公の場所と大アパルトマンだけだった。宮廷人の住居への通路や廊下、ギャラリー、階段は薄暗がりにあって、事故も起こりかねなかった。ヴェルサイユの年代記は、暗い場所での宮廷人の、ときに死をまねいた転倒や転落を隠さず伝えている。

だれもが住居により多くの光を入れようとした。ロウソクも王からの無償贈与に属し、王または王妃の侍従は、王家のアパルトマンのロウソクを、使ってあってもなくても毎日とり替えてわがものとする（そして転売する）権利をもっていたとはいえ、「白」や「黄色」のロウソクを買うには金がかかった。そこでみなが道路や庭園、あるいは悪くても中庭に面した窓を期待した。住居を探すのに、ある程度大きい窓がついていることが大事な条件だった。道路に面した窓も小さいが、屋根裏部屋の窓はごく小さくて、「お粗末な光」しか入らないかわりに、屋根との継ぎ目からはすきま風と雨水が入ってくるのだ。

とりわけ庭園に面した大きな窓が渇望の的だった。さらに建築から一世紀をへているので、よい状態である必要があった。非常に多くの要望があったが多額の費用がかかるため、建設局は窓のとり替えをしぶった。明るさへの欲求は大きく、一八世紀の終わり頃になると、住民はボヘミア製のガラスの大きな板をそなえた窓を要求するにいたった［もともとの窓は鉛製の仕切りのついた小さなガラスできていたが、この頃になるともっと大きくて無色のガラスが流行した］。以後、窓の維持管理は、例外を除いて住民の負担となった。逆に、夏は陽光と暑さから身を守るため、宮廷人たちは窓によろい戸をつけてほしいと要求した。アティクの階にある住居は、小さいか、よく見えないため認められたが、ほかの住居ではファサードのつりあいを理由に拒否された。

ヴェルサイユに住むことは、渇望した恩恵をあたえられるようなものだった。しかし、そうした恩恵の受け手の多くは、人口過剰な宮殿が強いる物質的な制約に甘んじなければならなかった。しかも建設部は維持費を抑える傾向にあった。ヴェルサイユはそこで暮らす人々の不便の犠牲の上に、壮麗な舞台装置でありつづけなければならなかった。寒がりだったマントノン夫人自身、全体の構成のために、あまりにたびたび快適さが犠牲にされると考えていて、こう苦情をもらしている。「ドアを向きあわせにならべるためには、どんなすきま風もがまんするほうがいいと言うのです。(中略)シンメトリーのおかげで死にそうです」

30

ヴェルサイユは汚かった

「ヴェルサイユでは、ルイ一四世の宮廷の殿方はトイレがないため、廊下で生理的欲求を解決していた（中略）。まだ幼いころのある日、ルイ一五世の宮廷の尊敬すべき貴婦人にともなわれて宮殿を訪問したことがあるが、悪臭のする廊下を通りながら、そのご婦人は思わず愚痴をもらした。『この臭いは古き良き時代を思い出させますわ』」

ウジェーヌ・ヴィオレ＝ル＝デュク［一八一四―七九、建築家、パリのノートルダム大聖堂などの補修を行なう］

かかったコストとならんで、ヴェルサイユについて言い古された話題は、宮殿は衛生に無関心だったので、不潔は日々の暮らしと不可分で、「トイレ」はなく、ものすごい悪臭がただよっていた、というものである。まるでこれが壮麗な王宮に不可欠な、対位法のモチーフであるかのようだ。このようなテーマに大衆は目がない。宮殿の衛生設備はわれわれの時代のから見るとひどいものだとか、ヴェルサイユには消しがたい汚点があった、それは胸を悪くさせる不潔さだとか、着飾った住民たちが基本的衛生にも無関心だったのは、恥ずべきことだとか…。人はしばしば衛生というものも、文化的現象であり、すべての評価はその時代の慣習を考慮に入れなければならないことを忘れている。

ヴェルサイユには、非常に多くの人々がおしよせていたため、人口過剰だった。そこには宮廷人、軍人、行政官、聖職者、訪問者、召使い、小売商人、野次馬、パリ住民、各地からの請願者が行きかっていた。不衛生は群衆の多さに比例してひどくなるものだ。だが訪問者たちだけのせいではない。宮廷人たちも関与している。ルイ一四世もその後継者たちも、何度にもわたって、召使に窓からゴミを放り投げさせ、便器の中身をすてさせている者からは住居をとりあげる、と警告している。これで議論は出つくした、結論、ヴェルサイユは汚かった。

とはいえ宮殿をおおっていた不潔がどれほどのものだったかを評価するのはむずかしい。というのもルイ＝フィリップの時代に、アパルトマンを美術館の展示室に改造したとき、ほとんどあらゆる場所から「椅子式の便器置き場（それとそこにあった浴槽）、椅子式トイレの小部屋、用足しの部屋」を撤去したからだ。そうした設備がなくなったために、伝説は補強され、当時の宮殿の責任者らの嘆きによって、さらに固まったようにみえる。だが彼らは、建設部から建築許可や予算の許可を得るために、使用者たちの不都合な習慣を誇張しがちだったのではないだろうか？　ウィリアム・R・ニュートン［ヴェルサイユを専門とする歴史家。『ヴェルサイユ宮殿に暮らす』の邦訳がある］が十分に精査したところによると、宮内府の文献が描く光景は少し違ったものである。ヴェルサイユの不潔さは、「一九世紀や二〇世紀によって、大いに誇張されたのではなかったのだろうか？」

ルイ一四世の時代においては、体を洗うことについて大きな反論があった。水は体の敵で、皮膚の毛穴から染みこんで体内の組織を腐敗させる、というものだが、礼儀からは清潔でいることが要求された。そこで、人々はとくに「乾式洗顔」に頼った。下着類をすくなくとも日に五回取替え、手と顔に湿った布をあてるというものだ。そのため王専用の「櫃《ひつ》」も宮廷人たちの衣装戸棚もシャツや下着であふれんばかりだった。

洗面器と洗面用水差しが体を洗うのに用いられたが、宮殿で風呂を使うには場所ふさぎの装置が必要だった。泳ぎができて、川での水浴が好きだったルイ　四世は、宮殿の主屋の一階に豪華な湯殿のアパルトマンをもっていた。その工事は一六七一年にはじまり、一六八〇年に最終的に設備も整えられた。宮廷が移転するほんの少し前のことだ。五つの部屋で構成され、そのうち一つは休憩室、もう一つは「湯殿の小部屋」とよばれ、二つならんだ白い大理石の浴槽と、ランス産の大理石でできた大きな八角形の浴槽が置かれた。このアパルトマンが使用されたのは、ほんとうのところ、短いあいだだった。その後浴槽は床でふさがれ、アパルトマン全体か、寵愛が傾きかけていたモンテスパン夫人にあたえられた。この浴室がなくなったので、王はかわりにマルリー宮に「浴室」を整えさせた。浴槽が二つの、豪華さではおとるものだったが、王はなくてはならないと考えたのだ。

ヴェルサイユにはそのための特別な部屋がなくなったので、王は自分のアパルトマンに体を洗うためと体をすすぐための、二つの浴槽を運びこませて寝室で入浴した。湯を温めるのは薪置き場係の仕事だった。したがって狩猟やポームの試合帰りには、かならずしも「乾式」でなく体を洗う場面がともなった。

ヴェルサイユの住民たちは、それぞれの私邸で体を洗うことができたが、一六七〇年代に街のなかにできた公衆浴場の施設を利用することもできた。つまり宮殿に体を洗う場所もトイレもなかったなどということはないのである。時代が下ると、清潔の心がけはより反論の余地がない。一七二二年にヴェルサイユへ戻った若いルイ一五世は、入浴ができることにこだわったし、王妃マリー・レクザンスカはアパルトマンに、自分用の浴槽をもっていた。

規模が許すときは一八世紀の宮廷人の住居には、個別の衛生設備があった。ポンパドゥール夫人やルイ一五世の王女たち、デュ・バリー伯爵夫人のアパルトマンの設備は文献で確認されている。ヴェルサイユの住居の調度品についての記述《デスクリプション》がたびたび言及しているが、ここ、寝室のそばには「入浴のための小部屋」、そこには、「木枠の上に置かれた赤銅の浴槽」またあちらには「陶製の水盤とモロッコ皮のカバーがついたビデ」をそなえたトイレがあった。十分な場所がないため、この設備は簡素でとりはずしができるものだったが、同じ世紀の終わり頃には、風呂がかなり一般化していたので、ほかの点ではヴェルサイユに厳しい目を向けたイギリスの旅行家アーサー・ヤングが、一七九〇年にこう記している。「清潔さということでは（中略）、フランス人は自分の体について、イギリス人は自分の家についてきれい好きである（中略）。フランスではビデが、手を洗うための洗面台と同様に、どのアパルトマンにもある。これは個人の衛生としてイギリスにも広がってほしい点である」

当時つつしみ深い言い方をされた「自然の要求」あるいは「気高き自然の不快事」のための設備に

ついては、人はついその存在を無視したいと思いがちである。ルイ一三世時代のヴェルサイユには、現在のデュフール棟の所在地に野営地などに使われるような簡略な便所があった。一六七二年になると、自身の自然の要求のため、ルイ一四世は大アパルトマンの、のちにアポロンの間となる儀式用寝室の近くの奥まった場所に、椅子型便器の小部屋を用意させた。ある日王がそこから出てきたとき、「ショース［タイツ風の長靴下兼用のズボン］をあげながら」、ルーヴォワに正面から出くわした、とサン＝シモンが報告している。そのことは王がいつも一人でそこへ行っていたということを示唆している。「用足し用の椅子」は宮廷人たちの住居に数百個あり、ルイ一五世のプライベートなアパルトマンのトイレには「イギリス式の椅子」とよばれる水洗装置付きのものがそなわっていた。

それでも汚物の排除がやはりやっかいな問題であることに変わりはない。穴あき椅子の便器の中身を窓からすてることはなくなり、ヴェルサイユにはくみ取り式の便槽がそなえられた。一七一〇年には、その数は三五に上り、地下の水道によって運ばれた悪臭を発する内容物は街のあちこちに排出された。その近辺に住んでいた人々は不運だった！　具合の悪い場所にあったアパルトマンは住むに耐えなくなった。たえまない訪問者の群れも事態を悪化させた。宮殿内には公衆トイレがあまりに少なかった。竣工した北の翼棟について、ルーヴォワは「なかに用足しができる石を作らせて、それをギャラリーに置くよう」奨励した。だがこの「用足し用の石」は数が十分でなく、多くの穴あき椅子を必要な場所にはどこにでも置くことが奨励された。それにもかかわらずヴェルサイユは公衆に開かれていたため、この性質の整備は、ますます増える訪問者に対応しきれなかった。

ヴェルサイユには公共の場としての制約がある。不潔と悪臭に対する闘いはつねにぶりかえされた。建設部、宮殿の総督、王自身がこれに対して耐えず努力したが、あまりに人が多いため簡単ではなかったのだ。ヴェルサイユがオランダの家のように清潔だったことはない。だが、非常に多くの不都合はあったが、それでもヴェルサイユは、幼いヴィオレ＝ル＝デュクが出会ったルイ一五世の宮廷の「尊敬すべき」貴婦人が記憶にあると思ったような汚い場所ではなかった。

31

ヴェルサイユは王を王国から孤立させた

「ルイ一四世はルイ一四世を祭り上げ、そこに別世界、すばらしい金めっきのフランスを造ろうとした。そこでフランスの外でのように暮らし、もはや（ヴァロワ朝の王たちがあれだけかけめぐった）王国を訪問しなかった」

ジュール・ミシュレ

ヴェルサイユはフランスそのものではない。王国は王宮だけではない。ヴェルサイユは、反フランス、フランスとは別の世界、たしかにぜいたくだが、その主が国の現実を見ることができなくするような遮蔽物でさえあったかもしれない。そのようなヴェルサイユを定住地として選んだことで、王はその宮殿の虜になり、宮廷の希薄化した空気のなかに閉じこめられて、王国のことがわからず、臣民の声が聞こえなかったかもしれない。このような孤立は、パリからたった数時間の宮殿だけが理由ではない。王の個人的な気質と経歴も関与している。本当にそうだったのだろうか。

（当時の基準で）老齢になるまで、ルイ一四世は国中をくまなく歩きまわった。綿密に用意されて、美化された平和な光景だけを見せられる公式の旅ではなく、フロンドの乱（一六四八―五三年［マザランの税政や中央集権政策に抵抗する高等法院によって、ついで貴族によって展開された内乱］）たけなわの頃も、彼らを従わせるために、地方を訪ねたのだ。そしてフロンドがおさまると、褒賞のリストに七つか八つの地方をつけくわえ、一六六〇年にはサン＝ジャン＝ド＝リューズでのマリー＝テレーズ・ドートリッシュ［スペイン王フェリペ四世の王女］との結婚のため、スペインとの国境地帯にあるバスク地方にまでも行った。治世の遅い時期になってからヴェルサイユへ定住したが、その前も後も、王は先人のアンリ四世やルイ一三世のように軍隊の先頭に立って、北や東の国境沿いの地方も歩きまわり、こちらで要塞を包囲したかと思うと、あちらで都市の降服を受け入れながら、戦場をかけめぐった。軍の先頭や、遠方の臣民の前に現れなくなったのは、五五歳になった一六九三年がはじめてだった。

唯一の宮殿に定住すること――フォンテヌブローやコンピエーニュ、そしてまれにシャンボールに滞在してバランスをとってはいたが――は、当時のヨーロッパにおいて例外的ではなかった。スペインのハプスブルク家は広大な帝国を、マドリードにいて統治していた。まさしくルイ一四世の同時代人だった皇帝レオポルド一世は、ウィーンにいて統治し、またイギリスの王家ステュアート家はロンドンで、ホワイトホールを居城としていた。そして自分の宮殿にいて、ルイ一四世は退屈していたわけでも――「怠惰な王」という考えは彼をぞっとさせた――国民に対して無関心だったわけでもない。反対に一生を通じ、つねに宮殿の住民たちの目にさらされた、公的で規則正しい生活を続けた。「暦と時計があれば」とサン＝シモンが請けあう。「三〇〇リュー離れた場所にいる王が、いま何をしているか言うことができる」

地方の役人、地方長官、地方総監、高等法院など最高法院の院長らだけでなく将軍や司教たちも、ヴェルサイユで、情報を気にかけ、いつでも彼らの話に耳を傾けたり助言を求めたりする用意のある王の姿をつねに見ていた。ルイ一四世が王国について知らないことはなく、どの瞬間にも彼が王の役割を果たすことを確信している人々の正面から逃げ出さなかった。そこが後継者である曾孫のルイ一五世と違った。

逆説的だが、最愛王はヴェルサイユから逃げ出そうとして、その王国から孤立してしまった。ヴェルサイユは王を退屈させた。計算によると、一〇〇日を超えて宮殿ですごしていない年も何年かある。だが宮殿から遠ざかるといっても、一七四四年と四五年［フランス軍がイギリス・オランダ連合軍を破ったフォントノアの戦いの年］、そして一七四七年を除いて、ルイ一五世は先頭に立って軍を指揮することも、国内をめぐることもなかった。王が出かけるのは楽しみのため、退屈をまぎらわし、狩猟への情熱を満足させ、内輪で数人の親しい人々と会うためだった。ヴェルサイユをのがれることは、王を孤立させた。なぜなら王が不在なら、ヴェルサイユに押しかける群衆は姿を消し、宮廷の生活は混乱し、政務の指揮にも狂いが出るからだ。外国大使たちや公僕たちは宮殿へ精勤する気を削がれた。君主がいないので、前者は、火曜日が謁見の日だったが、パリにいる外務卿と直接交渉するようになった。諸外国の外交使節たちも、二週間に一度も宮殿へ出向かないことがあった。

ヴェルサイユを逃げ出すことは、王を二重に孤立させた。なぜなら曽祖父の宮殿にいるより、ルイ一五世はほかの場所での息ぬきの滞在のほうを好んだからだ。まずは慣例のトリアノン、フォンテヌブローあるいはコンピエーニュ、さらにこれら大旅行のあいまにはパリ周辺の小さな城、セナールの森近くのショワジーやクレシー、ベルヴュ、ブーローニュの森にあるラ・ミュエット、サン＝テュベールなどを訪れた。「王はたえず旅に出ては気をまぎらしていた」とクロイ公爵が書き記している。そこでは、ヴェルサイユの三階と四階にあったプライベートな小部屋におけると同様、新参者とは会いたがらない王は、公人としての毎日の生活をのがれて、「王の特別」とよばれた選ばれた人々のグループとともにすごしたが、その人工的な世界での習慣や流儀や言語は、王を国民の暮らしから何光年も遠ざけた。

たしかに、ルイ一五世も政府の文書に目をとおし、謁見し、定期刊行物を読むことで、国の状況を知ってはいた。だが、親しい友人のあいだに引きこもることを優先したので、臣民を直接的に知ることがなかった。

ルイ一六世も、ルイ一五世以上には国中をまわらなかった。ヴェルサイユを離れて旅したのはたった三回だ。一七七五年のランスでの聖別式（戴冠式）、一七八六年のシェルブール軍港工事現場の視察［地元民の大歓迎を受けたうえに深い知識を発揮することができた王にとって非常に幸福な旅だった］、ヴァレンヌで中断された一七九一年六月の逃避行［変装した王一家は国境のモンメディをめざしてパリを抜け出すが途中のヴァレンヌで発覚］。一七八六年六月にノルマンディから戻ったとき、ルーアンをすぎると歓声がまれになったので、王は宣言したという。「ヴェルサイユに近づいていることがわかる。これからはもっとひんぱんに外出し、フォンテヌブローよりもっと遠くまで行こうと思う」。遅ればせだが賢い約束だった。しかしそれからの出来事がこれをふいにした。マリー＝アントワネットのほうは、その約束を引き受けようなどとは思ってもいなかった。彼女の暮らしは、それほど小さなグループのなかにかぎられたものだったのだ。トリアノン、マルリー、フォンテヌブロー、一七八四年に王から贈られたサン＝クルー、そしてランブイエが、王妃の栄えある、滑稽な縄張りを形成していたが、王妃はそこで彼女を独占する軽薄なグループといっしょにいるのを好んだ。「王妃はもはや親しい者とばかりすごされた」とシャストネ夫人が証言している。王国について、国王夫妻はイル＝ド＝フランスの一部だけしか知らなかった。宮廷と数人の友人たちのほかに、世界は存在しなかった。ヴェルサイユの城館は国王夫妻にとって金色の牢獄のように思われたかもしれない。

　王宮のほうも同じ態度でそれに答えた。だれもが王がヴェルサイユに住んでいることは知っていたが、非常に多くのフランス人は宮殿や宮廷についてほとんど情報がなかった。ヴェルサイユはすなわち二重の隔離だった。世論は宮殿内部の微妙なメカニズムがわかっておらず、その無知を、批判趣味や嫉妬、政治的下心や悪意に助長された作り話で糊塗した。

　ルイ一六世は先に約束したとおり、ヴェルサイユを放棄する気になっていた。すでにルイ一五世もそれを考えていたにちがいない。王がパリ中心部のルーヴル宮への帰還を果たしていたら、国民とともに暮らしていたら、おそらく、ヴェルサイユでの孤立が許した誹《そし》りをまぬがれたことだろう。

32

ヴェルサイユは貴族の「金色の檻《おり》」だった

「しかしながら、この旧弊な貴族階級は、裕福で、独立心が強く、自分の土地ではほぼ君主のようなものなのに、それでもなおそこでは王の足元にひしめきあう。彼らにとってフランスの王はたんなる王ではなく、栄誉や徳のような、侵すべからざる規範だからだ」

ウジェーヌ・スー［一八〇四―五七、フランスの作家］

かつての歴史教科書の多くにとって、ヴェルサイユはフランスの大貴族たちを召使いに変えてしまう巨大な調剤室でしかなかった。ある教科書では、「彼らは王がまるで神であるかのようにして仕えた」と言い、別の教科書では「彼らは王の顔をまともに見ることもできなかった」と言い、また「彼らが服や帽子、杖や時計を王に手渡すのだった」と言い、食事のとき王は「貴族に給仕をさせた」と言う。すでにアンシャンレジーム下でも、ラ・ブリュイエールのような著述家は『カラクテール』、モンテスキューは『ペルシア人の手紙』において、起床の儀でシャツを、あるいは就寝の儀で手燭を掲げる権利を獲得するために、策を弄する大貴族をからかっている。ヴェルサイユでは、批判の達人サン＝シモンが観察している。「大貴族でさえも小さい」。こうしてルイ一四世は貴族を召使いのように扱い、貴族はお仕着せを着た従僕同然だった、という考えが幅をきかせることになった。

一世紀のち、ボーマルシェがヴェルサイユの常連のプロフィールを修正した。従僕や召使いでなく、永遠の請願者である。「宮廷人となるように生まれた。受けとる、手に入れる、要求する。この三つが秘訣だ」[1]。作者が『フィガロの結婚』の主人公に言わせた警句に、宮殿の住人たちの主要な関心事が現れている。熱意をもって粘り強く望みのものを手に入れること。王はもはや貴族を服従させるのではなく、彼らの要求に降伏するのだ。

「飼いならす」という言葉が流行した。フランスの貴族を金色の牢獄に閉じこめ、すべての自由を奪い、上席権の規範[2]のなかで厳しく規制し、彼らを従順な奉仕者に変身させたことは、多くの人々に偉大な王の傑作、専制政治の証のように見えた。彼らがそこにいて規律に従うよう、王はさまざまな楽しみを提供し、恩恵をほどこし、贈り物や年金や職務をあたえて誘ったのだと。

しかし、ルイ一四世がフランスの貴族たちを自分のまわりに集めたのは、中心となり主役となりたいという傲慢な想いからだけだっただろうか？　サン＝シモンの言葉のように「屈辱をあたえる」楽しみのためにだけ彼らを厳格な監督に従わせたのだろうか？　貴族を宮廷に集めたのは、実際には政治的目的からだった。過去のヴァロワの時代、あるいは父王の治世に起こった貴族の反乱に精通していたうえに、フロンドの乱を記憶していたルイは、大貴族たちに精勤を課したいと思った。君前に伺候することが貴族の義務となり、それを熱心にしないのは失態となった。かつての戦闘的な批判者たちは、以後王の顔色をうかがうようになり、ひそかに年金を狙い、陛下の就寝の儀で手燭をもつ特権を熱望するようになった。

ルイは、公共の治安を保つために貴族を王国から根絶することはなかった。サン＝シモンの解釈は極端だ。都市部にある城館や邸宅はその主人を失わなかったし、地方から貴族が流出してしまうということもなかった。数字をいくつかあげれば、貴族が根こそぎにされた、という執拗な伝説を打ちくだくことができるだろう。フランスには当時、二〇万人の貴族がいた。ヴェルサイユには、貴族と平民混ぜて約五〇〇〇人がいた。四半期（三か月）の奉公がおそらく数字を倍にするだろう。したがって、ルイが地方から引きはがしたのは、どんなに多く見ても、フランス貴族のたった五％である。二流の貴族がヴェルサイユの「金色の檻」のなかに身を投じることはなかった。

そもそも王の要請はすべての人に同じように課されたのではない。服従の要求は過去の権力につりあうものだった。影響力も野心もない田舎貴族は、ヴェルサイユで期待されていなかった。平凡な貴族は「すくなくとも年一回」でよかったが、王に気に入られるよう、厚情を得られるよう気遣う有力な大貴族となると、「熱心に」「規則正しく」伺候しなければならなかった。

太陽王の宮殿は、「王国の第一級の人々」に強制された避難所だったとしても、平凡な貴族たちのノアの方舟ではなかった。一七一五年のルイ一四世崩御以後の貴族の政治的復活を見れば、サン＝シモン公爵に告発された、いわゆる「飼い慣らし」「服従」さらには「根絶」が、いかに相対的なものでしかなかったかが明らかだ。

一八世紀の君主たちは、ルイ一四世のような厳しい要求をしなかった。宮廷人の群れに囲まれているより、イル＝ド＝フランスの小さな城館にいるほうが、おちついていられるルイ一五世がしばしばヴェルサイユを留守にしたことは、貴族たちに規則正しく宮殿に身を置くことを、少しも奨励しなかった。マリー＝アントワネットがトリアノンに夢中になり、内輪のグループばかりを好んだことで、多くの宮廷人がヴェルサイユから遠ざかった。その上ルイ一六世の時代に宮廷生活も陰りを見せたことで、貴族たちのなかには、地方へ戻って城館での暮らし、猟犬を使った狩猟、みずからが催すレセプション、王のではなく自分自身の散歩、といったことを再発見した者もいた。田舎で出会えるのは、田舎貴族だけではなくなり、以後は、宮廷の常連たちもそこにくわわるのだ。

ヴェルサイユにおける表象の輝きを減少させた啓蒙の世紀の君主たちは、王に近づくことも、太陽王の臣下たちの虚栄心をくすぐった栄誉の付与も、それほど大切なことではなくしてしまった。こうして宮廷生活の原動力の価値を下げてしまったため、宮廷人たちには、王からの恩恵を、当然支払われるべき貸金のように追求することしか残らない。ルイ一五世、ついでマリー＝アントワネットは、恩恵を自分の内輪のとりまきにだけほどこしたために、権勢の有害な闇取引を奨励することになり、ヴェルサイユを宮廷人たちが利益集団の邪悪なゲームに身をゆだね、コネを取引きする巨大な市場と変えた。多くの人にとって、宮廷での精勤や王への奉仕より、へつらいや策略、かけひきのほうが、成功へのチャンスが大きいように思われた。

宮廷貴族の王への服従は、もはやまとはずれとなった。王が新しい愛妾を選ぶと、ギャラリーや控えの間に皮肉で下劣な歌が響いた。「ポワソナード」というのは、旧姓をポワソン（魚）というポンパドゥール夫人をそしるための毒矢だった。宮廷人がそれにかかわったことを疑われた。ルイ一五世の宮内府の清廉な大臣であるモールパあるいはアヤン公が、宮廷を非難する小唄を作って夜をすごしたというのだ。王自身も攻撃文書の標的となった。その作者は宮殿にいれば処罰されないことがわかっていた。風刺文を書いた犯人を黙らせないことを非難した人々に、パリ警視総監［一六六七年に創設された］がある日こう答えている。「パリについては知りうるかぎりのことを知っていますが、ヴェルサイユのことはなにも知らないのでね」。こうした風刺詩の洪水もまた、王の権威を失わせるのに貢献した。

宮廷や王に対する批判家は、このように侮辱的な、しばしばわいせつな文章をさかんに出したが、それらはほかならぬヴェルサイユにおいて用意されたものだった。フレニー男爵［一七六八―一八二八］が書いている。「宮廷によく出入りしている者のなかに、しかも非常に高位の者のなかに、不満分子、恩知らず、野心家がいた。彼らは反抗的で、あら探し屋で、まさにヴェルサイユの敵だった」。宮殿と宮廷はルイ一四世の教訓に忠実でないところを見せたが、なにも得ることはなかった。

原注

1　二幕二場。

2　これをまだエチケットとはよんでいなかった。

33

ヴェルサイユはパリから首都としての機能を奪った

「コルベールはパリを美化することで、フランスの真の中心地として王がそこに住居を定めることを望んでいた」

アンリ・マルタン［一八一〇―八三、歴史家］

「三つの木立《ボスケ》の費用があれば、首都を美化するのに十分だろう」

ヴォルテール［一六九四―一七七八、文学者、啓蒙思想家。『ルイ一四世の世紀』の著書もある］

パリはヴェルサイユへの宮廷常設の犠牲になったのだろうか？　一六八二年、パリの住民たちはそう思った。一六六六年における母后アンヌ・ドートリッシュの崩御以来、若い王は、パリ市内に長期間滞在することがなかった。ルイ一四世は、一六七一年の二月九日から一〇日にかけての最後の夜をテュイルリーですごしたのち、まれにしかそこへ戻らなかった。この日から、一七一五年に生涯を終えるまでの四四年間で、パリが王を迎えたのは、二四回だけである。平均して二年に一回ということになる。そして宿泊することはなかった。何度かは荘厳な入市をしたこともあったが、そうしてパリの住民と接することは、遠い昔のこととなっていた。したがって一六八二年五月、パリの人々に王を失うという心配はなかった。王はもうすでに彼らの街には住んでいなかったし、つねに転々と居場所を変えていたからだ。だが彼らがおそれていたのは、王と政府の存在が決定的にパリからなくなると、心も離れ、街は眠りこみ、衰退してしまうのではないかということだった。

コルベールも同じことを危惧していた。パリは全フランスを敬服させていたのではないのか、パリは「歴代の王たちの主要な滞在地」ではなかったか、「国王陛下の栄光と偉大を示す公共建造物が建つ都市」ではなかったか。ヴェルサイユが王の「楽しみと気晴らし」のことばかり考えている一方で、大臣は「まちがいなく世界中でもっともみごとで、王の偉大さにもっともふさわしい」ルーヴル宮を完成させることだけを気にかけていた。壮麗、偉大、栄光、とコルベールは書簡の相手たちに向けて受けのよい言葉を、浴びせるように書き送っている。しかし、コルベールの失敗だった。ルイ一四世は、一六七七年に住まいをヴェルサイユに定める決意を公表し、一六八二年五月にはそれを実行に移した。大臣は翌年世を去ることになる。

王は何を求めて、ヨーロッパ最大の都市の一つよりヴェルサイユのほうを選んだのだろうか？　怠け者なら狩猟の楽しみを理由にあげるだろう、しかしそれなら、近くや遠くにあるほかの王宮も狩猟の魅力には事欠かない。ヴェルサイユ周辺で狩をするなら、最終的に隠遁しなくても、たびたびの滞在で足りるだろう。

宰相マザランと母后アンヌ・ドートリッシュの摂政時代に起こったフロンドの乱の悲痛な思い出のせいである、というのもよくくりかえされるまちがった理由である。王が大貴族たちの反抗を決して忘れず、長年にわたってフロンドの乱を熟考したあげく、不服従の都市であったパリを罰しようと望んだのだとしても、罰をくだすのがずいぶん遅かったのではないだろうか。ルイ一四世がパリですごした最後の冬は、よく知られているように、一六七一年のことだった。一六四九年一月五日の公現祭の夜、子どもだった王が暴動を起こした都市から逃げなければならなかった出来事から、二〇年もたっている。そのうえ、王が首都に対する興味を失ったことで、ヴェルサイユがなんら利益を得ていないことが、忘れられすぎている。王が首都を放棄して向かったのは、一六六六年におもな住まいに昇進していたサン＝ジェルマンであってヴェルサイユではなかった。たしかにパリから離れたのは、嫌いなルーヴル宮から逃げるためだったかもしれない。だが、同じくパリにあるテュイルリー宮については、そのような偏見はもっていなかった。

同時代人たちは王がパリから離れた理由を知ろうとした。王の広々とした景色や大自然への愛着が、五〇万の住人がひしめくパリを逃げ出させたのかもしれない。しかしその点、ヴァンセンヌやサン＝ジェルマンも、同じような好条件をそなえている。ヴェルサイユを王の祝宴好きと結びつけるのも、より説得的とはいえない。それを言うのは、一六六二年六月五日と六日に、一万五〇〇〇人の見物人を前にテュイルリー宮殿で行なわれた豪華な大騎馬パレードのことを、宮殿内にある「機戒仕掛けの」とよばれたすばらしい劇場のことを、ル・ノートルの作品である広大な庭園のことを忘れることだ。

外国の大使たちと同様、パリの市街地の真ん中において王をとり囲む人々の印象に注意を喚起しているサン＝シモンが、真実により近いようだ。「出かけたり、戻ったり、街頭に出たりするたびに、王は人の群にうんざりしていた」と回想記作者は書いている。地方訪問で、戦地で、宮廷で、王が姿を表すのはショーを見せるようなところがあった。だが、活発ですぐに興奮するパリの庶民に日常的に接することは、危険をふくんでいたし、王の聖性を失墜させる原因となる。サン＝シモンはそのことを見ぬいていた。パリの民衆にいつも姿をさらしていれば、王権の神秘はしだいに失われてしまうかもしれない。反対に、首都を訪問することがまれになれば、その価値は高まるにちがいない。ルイ一四世はアンリ四世ではなかった。彼の祖父は気さくで、気どりなくパリの人々に接することで、人望を保つすべを心得ていた。

歴史の積み重なった首都と先人たちが住んだ宮殿より、王は自分の痕跡をしるすことができる居場所のほうを選んだ。自分の業績を成したいという願望が、おそらくは決定だっただろう。彼はしばしばそのことで非難された。ルイは、それ自体で存在していて、彼なしでも偉大なパリに定着することを拒否したのだと。建築に情熱を傾けた建設者ルイ一四世は、創造者としての作品を作りたかったのだ。

狩猟の時期のフォンテヌブローへの秋の滞在と、マルリー宮への小旅行をのぞいて、ルイ一四世はヴェルサイユを住まいとした。宮廷だけでなく、王国の政府も以後そこに置かれた[1]。では、王は最終的にパリを放棄したのだろうか？　この偉大な都市は首都としての地位を失ったというのだろうか？

以後国王参事院も大臣室もヴェルサイユに置かれたところを見ると、それを信じたくなる。同様に、大法官府がヴェルサイユの町に、そして国王付建設局の建物がオランジュリーとスイス人衛兵の泉水のそばに、建設された。ほかの大臣らは、場所がないため、宮殿の付属建物に住むしかなく、外務卿のシモン・アルノー・ド・ポンポンヌなどは、動物園をあてがわれた！

くわえて、ルイ一五世が宮殿で何度か親裁座を開廷していること、全国三部会が一七八九年五月に招集されたのが、ヴェルサイユの町に建てられたムニュ・プレジールのホールだったことから、しかもそのホールでは二年前にも名士会が行なわれたことから、パリは首都の地位を失った、と結論づけたくなるかもしれない。だがそれは違う。

ヴェルサイユが決定機関を受け入れていたといっても、政府機関がすべてそこに集められていたわけではない。事務局はパリにとどまったので、大臣たちやその補佐役たちは、パリと宮殿のあいだをひっきりなしに往復しなければならなかった。「どこで大臣を見つけるか？」というのが、多くの国民や請願者たちの関心事だった。そこで、移動のために多くの時間が失われた。一回の移動が馬車で三時間かかったのだ。というのも、これらの大臣たちの多くは二重の住居をもたざるをえず、あいかわらずセーヌ川のあたりにも住みつづけていたからだった。

一六八二年以後も、フランス宮廷への信任状をたずさえた外国大使たちが住んでいたのはパリだった。王あるいは外務卿の要請があると、彼らはヴェルサイユに伺候しなければならず、それにくわえて、外交官の謁見の日である火曜日には決まって通ってきた。

つまり、政府機関はヴェルサイユとパリの両方に分散していたのである。王権はこうした役所をパリかヴェルサイユのどちらかにまとめて、分散を減らそうと努めた。しかし、一七一八年、大法官はあいかわらずヴァンドーム広場にある二棟のすばらしい館で豪勢に暮らしていた。そこには現在も法務省が入っている。王国でもっとも力のある大臣である財務総監には、一七五六年、ヴェルサイユのヌーヴ＝デ＝プティ＝シャン通りの、ポンシャルトランの館が割りあてられたが、コルベールの時代と同様、パリとヴェルサイユの行き来を続けた。その指揮下にあってかなりの部署を管理していた五、六人の財務監督官は、宮殿に住居をあたえられていることが多かったが、やはり下級官吏と同様パリに住みつづけた。国庫取締役や会計官のような、財務総監にかかわる仕事をする人々の大部分も、パリで働いていた。徴税事務所もまたパリに仕事場をもっていた。コンセイユ・デタの評定官や主任審理官もパリに住んで、彼らの運営する役所や委員会はその住居地にあった。

それとは反対に、便宜を考えたルイ一五世は、七年戦争ただなかの一七五九年、二つの省をヴェルサイユに集めることを決めた。王の地図製作測量技師であり、未来のナポレオン帝政の元帥の父である建築家ベルティエのプランによって、大サービス棟と建設局長官官邸のあいだに陸軍の建物（一七五九—六一年）と外務省と海軍の建物（一七六一—六二年）が建てられた。その文書は、それまで九つの施設に分散していたのだった。これらは、フランスの建築史上はじめての庁舎である。このように、パリとヴェルサイユの両輪が慣例でありつづけた。

政府機構とその役所をヴェルサイユと分けあったとはいえ、政治、行政、そして文化にかんする大きな機関はパリに残された。そのリストが、ヴェルサイユがパリから首都の地位を奪わなかったことを証明している。公爵、大臣、高等法院評定官などの法服貴族、裕福な徴税請負人、彼らはヴェルサイユに足しげく通い、ときには住みこんだが、私邸はパリにあった。

　ヴェルサイユを住まいとして選んだことでルイ一四世は、コルベールと同様パリのほうがいいと思っていたヴォルテールから少なからず非難された。「田舎の別荘に」つぎこんだ「巨大な額を、パリの美化とルーブルを完成させるために使ったなら」、「ヴェルサイユの自然をねじ曲げるのにかかった金額をパリのために五分の一でも使っていたら、街全体がテュイルリー宮殿やロワイヤル橋と同じくらい美しくなり、世界一すばらしい都市になっただろうに」

　王はほんとうに首都をなおざりにしたのだろうか？　そこに建造された建物の数と質が、先入観を打ち壊し、ヴォルテールの見解を無効にする。一六六〇年代末、ヴェルサイユでルイ一三世の小城館を囲む新城館の建設が終わりそうだったころ、ヴァル＝ド＝グラース修道院［のちに陸軍病院］、コレージュ・デ・カトル・ナシオン［四国学院、今日のフランス学士院。スペインとの和約が成立し、スペイン領だった四つの地域がフランス領になったことを記念して建てられた］、ゴブラン製作所、パリ天文台が完成し、ルーヴルの方形の中庭《クール・カレ》が工事中だった。一六七〇年代の、ヴェルサイユで工事が再開された頃、パリではサルペトリエール病院や威厳ある廃兵院《アンヴァリッド》のような堂々とした建物が建設された。右岸の城壁はとり壊され、木々が植えられた半円形の大通り《ブールヴァール》に場所をゆずった。パリを開かれた都市とし、サン＝ドニとサン＝マルタンの凱旋門（これらは今日も残っている）、サン＝ベルナールとサン＝タントワーヌの凱旋門、それにトローヌ広場［現ナシオン広場］の門が従来の市の門に代わった。ルイ一三世とマリー・ド・メディシスがセーヌ川に沿って作った遊歩道、王妃の遊歩道《クール・ラ・レーヌ》が、ル・ノートルに整備されたシャンゼリゼによって倍になった。

一六七五年以後はたしかに大きな建築工事はまれとなった。それでもルイ大王広場《ル・グラン》（一六八五年、ヴァンドーム広場ともよばれる）、それにこたえてフィアード元帥が気前よく私費を投じたヴィクトワール広場（一六八五―九〇年）が建設された一方で、フランス古典主義の典型であるロワイヤル橋（一六八五―八七年、長年テュイルリー橋とよばれた）も建設された。このようにパリは、ヴェルサイユの城主にむしろ大事に扱われていたといえる。

ルイ一四世の後継者たちは宮殿に忠実だったが、だからといってパリをないがしろにはしなかった。ここでも建設工事のリストは長い。士官学校《エコール・ミリテール》とその練兵場《シャン・ド・マルス》、ルイ一五世広場（現在のコンコルド広場）や王室家具保管所のパビリオン、サント＝ジュヌヴィエーヴ教会（のちのパンテオン）とパリ大学法学部、造幣局、外科大学（今日の医学部）、オデオン劇場、ルイ一六世橋（のちのコンコルド橋）、シャンゼリゼの軸線街路のエトワールまでの、その後のヌイイ橋までの伸長、徴税請負人の壁の入市税取り立て門、と続く。

したがってヴェルサイユはパリから首都の地位を奪っていないし、窒息させたりもしていない。ルイ一六世とその一家が宮殿を離れることを強制された一七八九年一〇月までジャン＝バティスト・コルベールが生きていて、一世紀半のあいだにブルボン家の王たちが、ヴェルサイユの優位を認めつつも、どれほどパリを美化したかを見たなら喜んだことだろう。

原注

1　王の前庭の右手に位置する、「政府の」とよばれた翼棟は、ガブリエル棟とよばれる新しい翼棟となったが、一七七二年から七四年に、そこに入っていたのは、政府ではなく、宮殿の総督だったことに注意してほしい。

34

ヴェルサイユでは衛兵が王を守っていた

「日中は人通りが多く、夜は厳重に閉鎖され、四六時中警護されている」

サン＝シモン

「フランスの護衛隊の隊長は、王の身辺につねに目を配るため陛下の後を歩き、スイス親衛隊の隊長は、前を歩く。どちらも陛下の身辺をしっかり守っている」

フランス国政府、一七〇二年

「王の護衛は、その前でどんな王権もくつがえされるような最強の君主の護衛と同じくらい強い」

モンテスキュー

護衛隊、親衛隊《ガルド・ド・マンシュ》[1]［王の袖にふれるほど近くで守る精鋭の護衛隊］、スイス人近衛部隊、フランス人衛兵隊、スイス人衛兵隊、城門衛兵、宮内裁判所衛兵と、安全を守る護衛の人員はヴェルサイユに十分そなわっていた。護衛隊は、騎馬でないことも多かったが騎兵で、終日王のそばであらゆる便宜をはかった。彼らは王のすぐそばで警護にあたる。その隊長は、宮廷でももっとも有利な職務で、王のそばを決して離れないで、王の人身に責任をもつ。そのそばにはつねに親衛隊がいるが、彼らは公衆の前では決してそばから離れることなく日々王を見守る。スイス人衛兵隊は、陸軍のスイス兵のなかから選抜された大男たちで、王の四輪馬車を護衛し、公の式典の際、王を先導する。また護衛隊とともに、彼らは夜間宮殿の安全を守る。フランス人衛兵は王が宮殿を出入りするとき、前庭に整列する。城門衛兵は、日中の宮殿内を朝の六時から担当する。宮廷裁判所の衛兵は宮殿内の警察として、犯罪の下手人を追求する。王がヴェルサイユを出るときは、近衛軽騎兵、すべての列の先頭を行くという栄誉をあたえられた近衛騎兵、または警護の憲兵隊に守られる。

優雅な制服、さまざまな色彩と装飾の豪華さ――肩章、袖章、のどの下の部分につけた三角型記章、白地に金の刺繍をしたオクトン[2]――が、宮廷の壮麗さにさらに華をそえていた。王の身体の安全と住居の安全は、このように保障されていた。

中の守りにも外の守りにも、これだけの人数がいて、それでもときに有効ではなかったのは、宮殿への接近が容易だったことにある。ヴェルサイユは砦ではなく、万人に向けて開いている。物乞いと、修道士と娼婦をのぞいてだれでも、フランス人でも外国人でも、きちんとした身なりさえしていれば、だれでもなかへ入ることができた。剣をたずさえていれば、開けゴマというように、ギャラリーにまで入りこめるのだが、人々は宮殿の鉄柵の門のところでそれを借りることができた。

君主に自由に近づけるのは、この国の古くからの伝統である。フランス王は、トルコの皇帝でも、中国の皇帝でもない、スペインの王でさえもない。「彼らは」とルイ一四世は言う。「王の尊厳が大きな部分で、みずからをほとんど見せないことにある国の君主たちである」。そして、「それはわれわれフランス人の国民性とは違う」

だが、まちがえないように。前庭も、ギャラリーも、控え室も、王を遠くからかい間見たり、王が不在のときはアパルトマンまで入りこんだりできる公衆に向けて開放されていた。だが、王に近づいて話しかけることや請願することは、宮廷に出入りしている人々にかぎられ、しかも護衛隊長の許可を得てからだった。「アパルトマンの夜会」の際は、宮廷人たちは王のそばにもっとも近づくことが許されていた。一六八三年にヴェルサイユを訪れた神父ブールドロは、驚いて茫然としている。「なんという差があることだろう、おそるべき軍隊を指揮している王を見れば、勝ちほこって、だれよりも冷酷な人間なのに、ところがここで身内のあいだにいらしたり、大勢のすばらしい人々に囲まれたりおられるときは、だれにでも気さくだ」

王を見、宮廷に感嘆し、宮殿内をぶらぶら歩く自由を臣民にあたえることもまた、政治的選択の一つ、統治の方法の一つだった。宮廷も君臨の道具の一つだったからだ。

宮殿と庭園への接近を許すことには、裏の面もある。群衆は制御するのがむずかしく、宮殿をそこなう原因ともなるからだ。彼らはとくに祝宴の際や王家に幸福な出来事があったときヴェルサイユに押しかけた。そのような機会には、宮殿内と同様、庭園も万人に向けて解放された。一階にアパルトマンをもつ宮廷人たちは不運だった。物見高い群衆が窓ぎりぎりまで近づき、ドア兼用の窓が開いたままになっていたりすると、無遠慮に部屋のなかまで侵入される。

すでにルイ一四世は、ヴェルサイユに定住したときから、庭園を解放する伝統と袖を分かつはずだった。一六八五年の四月、王は「あらゆる方面、とくにパリからやってくるおびただしい数の群衆に悩まされずに」散歩することができなくなって、「城門衛兵に、宮廷の人間と彼らがつれてきた人々以外は入れないよう命じた」。まだ当時は、盗難がひんぱんに起こった。あるときは、泉水から鉛の装飾がはがされた。また、地中に埋めた導管が消失した。さらにあるときは、ドームのボスケでブロンズのトロフィーがとりはずされて、盗まれた。柵が壊され、彫像や飾り壺も傷つけられた。

だが、王が庭園を自分と宮廷人の使用のみに保留したのは、長期間ではなかった。一七〇四年ふたたび公衆に解放し、三八の泉水を飾る実際の彩色がされた、繊細な鉛の動物像があるラビリンスを例外として、ボスケの柵もとりはらうよう命じた。ルイ一四世のマルリーやトリアノンへの滞在がよりひんぱんになったのは、ヴェルサイユで物見高い公衆にこのような恩恵をあたえてしまったことでも説明できるかもしれない。

「内部の」警備隊、あるいはその制服からギャルソン・ブルーとよばれた、主席侍従と宮殿総督の指揮下にあって、内部の警察のような役目を果たしていた小規模の軍隊にもかかわらず、宮殿内も小さな窃盗の例外ではなかった。何をもってもしても、スリを思いとどまらせることはできない。豪華な宮廷用の衣服、宝石の装身具、高価な工芸品、見事な装飾をほどこしたかぎタバコ入れなどが欲望の餌食となった。泥棒たちは大胆にも、シャンデリアから高価な飾りをとりはずしたり、大厩舎で一万五〇〇〇リーヴルもする馬衣や馬鎧を奪ったりすることもあった。王の金食器も難をのがれなかった。皿が盗まれ、一七五七年にはルイ一五世の時計まで盗まれた。

　ときおり犯人が逮捕された。一七一四年に小厩舎の銀食器を盗んだのは、町の住民だった。しかし金に困った宮廷人が盗みを犯すこともあった。盗人たちの大胆さには限界がないとみえる。ある日、彼らの一人は、ブルゴーニュ公爵夫人が着ているドレスの一部を切りとって、留め金として使われていたダイヤモンドを手に入れるのに成功した。一六九一年六月二六日には、大スキャンダルが起きた。王が宮廷の前で食事をとっていると、一人の男が食卓の上に「かなり大きい金の房飾り」を投げてよこした。前日王のアパルトマンで切りとられてもちさられたものだった。一枚の紙がとめてある。それが王の前で読み上げられた。「君の房飾りを受けとりたまえ、ボンタン[3]、心痛が喜びに変わるだろう。王に敬意を表しつつ」。ルイ一四世は「こんなことができるのは頭のおかしい者だけだ」と思っているふりをしてとりつくろった。

　しかしこれではどんなに警護されていても、宮殿のどこにも悪賢い盗人からのがれられる場所はないのだ、とだれもが感じた。王が暗殺者からのがれられる場所も。ルイ一五世は、一七五七年一月五日の夜、国王の前庭で、王の殺害を固く決意して兵士の列をかき分けてきたダミアンに、ポケット・ナイフで刺されて負傷したのではなかっただろうか？　犯人はきちんとした服装をしていた、といわれるが、そのため支障なく宮殿内に入ることができたうえに、取り調べによって、一日中、とがめられることなく庭園を歩きまわっていたことがわかった。

　ダミアンがこれほど簡単にルイ一五世の命を狙うことができたというのに、彼の後継者が相当な数の警護を受けることはなかった。君主とその家族の安全、暴動が起こった場合の宮殿とヴェルサイユの町の保全には価値があることが忘れられたのだろうか？　しかしルイ一六世の治世とともに倹約の時代がはじまっていたのだった。一七七五年一二月、陸軍卿のサン＝ジェルマン伯爵は、衛兵の人員を削減し、複数の部隊を廃止した。こうした削減は宮廷人に、宮廷の最盛期からの衰退、そしてとくに、王権を守る有効な盾の解体のように見えた。パリでは、警備が高くつく無益なぜいたくだとしか思っていない世論が、これを歓迎した。たしかに、フランス人衛兵隊とスイス人衛兵隊は、削減をまぬがれた。しかし前者は、ほとんど訓練されていないうえに、パリに駐屯していたし、後者が駐屯していたのは、なんとパリ近郊のリュエーユとクルブヴォワだった！　スイス親衛隊、城門衛兵、護衛[4]は残しての削減は、一七七五年に完遂されなかったが、一二年後の一七八七年、主席国務大臣ロメニー・ド・ブリエンヌによって再開された。

　数年のあいだに、王の親衛隊の人員は三分の二に削減された。それによって、たとえ改革者たちが、感激のあまり、削減された費用の償還を忘れていたとしても、二〇〇万リーヴルの節約ができたと推定される。小さくなってしまった王の親衛隊は、宮殿と宮廷とその主人の安全を守ることができなかった。ヴェルサイユは武装解除し、無防備となっていた。一七八九年一〇月の革命の日々がそのことを悲劇的に語っている。

原注

1　フランス人衛兵とスイス人衛兵が共同でパリの警備を行なっていた。だが、毎日曜日に、ヴェルサイユへ外側のポストを見張るための分遣隊を送った。衛兵たちは前庭の入り口にある建物内と大きくてみすぼらしい板張りのあばら屋に収容された。

2　オクトンというのは袖なしの短いベストでキルティングされた布地でできていた。ガルド・デ・マンシュのものは、白地に金の刺繍で、王のモットー「Nec pluribus impar」とあった。

3　王の寝室付き主席侍従の名前。

4　奇妙なことに、衛兵の四部隊のうち一部隊だけがヴェルサイユの警備にあたり、その他はサン＝ジェルマン、シャルトル、ボーベに分散していた。

35

ルイ一六世とマリー＝アントワネットはヴェルサイユをないがしろにした

「マリー＝アントワネットは、ときどき王から離れてそこ（小《プティ》トリアノン）に、長時間とどまった。そしてもし語られていることが本当なら、その隠れ家は正確にはディアナ［月の女神、狩猟、貞節をつかさどる］の中庭ではなかった」

ジャン・ディーン・ポール

「翌朝、わたしは一人で宮殿へ出向いた。ヴェルサイユの華やかさを見ていないなら、なにも見ていないのと同じだ。かつての王の廷臣がみな解雇されてしまった後も、ルイ一四世はあいかわらずそこにいた」

シャトーブリアン［一七六八―一八四八、作家、政治家］

世間はいまもマリー＝アントワネットにヴェルサイユの王妃というよりむしろ、トリアノンの女城主を見る。マリー＝アントワネットは、裕福な一私人としてののん気な暮らしのほうを好み、ふつうなら王の愛妾のものと思われるようなやり方をしたために、断罪されたといわれる。人々は王妃のふるまいをするプリンセスを期待していたのに、もう一人のデュ・バリーだった、と。

彼女が、小《プティ》トリアノン、アモー（村里）で内輪の仲間と素朴な暮らしのふりをすることを、王権の荘重さや宮廷の大貴族たちが後生大事にしつづけてきた作法に優先させているように、同時代人には見えたし、いまでも一般にはそう思われている。多くの人々にとって、昔も今も、ルイ一四世から受け継がれた壮麗なヴェルサイユは、フランス王の宮殿というより、むしろぜいたくな別荘か財界人の寵児の「フォーリー［一七－一八世紀の遊楽のための豪奢な別荘］」に近いトリアノンの巧みさの背後で色あせて見える。マリー＝アントワネットはヴェルサイユを嫌ったといわれている。

また、滞在することがあまりに多かったので、人は小トリアノンが彼女のために作られたのだと思ってしまう。実際は、ポンパドゥール夫人のために建てられたのだが、一七六四年に死亡したため、使っていない。はじめて入居したのはデュ・バリー夫人だった。その後一七七四年六月、ルイ一六世が即位を祝うプレゼントとして妻に贈った。まだ二〇歳にもならない王妃の存在は、先王の愛妾たちの思い出を消しさった。夫婦の美徳がスキャンダルの後を継いだ。だれもが認める、うっとりするような場所の、見事な間取りの洗練された館だった。

意外なことにマリー＝アントワネットは、一〇年以上ルイ一五世が置いた調度のなかで暮らしていたのであって、別のものにとり替えること、とくに主要階に設置させた上下する鏡のあるブードワール［婦人用の小ぎれいな居間］とその隣にある寝室の調度の交換を命じたのは、一七八六年になってからだ。庭園には心をそそいだ。フランス式庭園のはずれに王妃の建築家リシャール・ミックがすばらしい小劇場を建て、一七八〇年に竣工したが、張り子の舞台装置付きで、二五〇人の観客を収容でき、先進技術を使った機械じかけをそなえていた。また王妃は、ルイ一五世の植物園をイギリス式庭園に変え、庭園内にエレガントな小建築を建てた。円形の愛の神殿と八角形の見晴台《ベルヴェデーレ》の東屋である。

敷地のはずれには、一七八三年に、池をとり囲んで藁葺き屋根の農家がならぶアモーが生まれた。農場に牛小屋、二棟の乳製品加工所、納屋、鳩小屋、鶏小屋、水車小屋、釣り場の塔などが一つの村を再現しているが、大金をかけて、貧しそうな外観があたえられている。池の東側には、王妃の家と離れがあり、これも同様に外観の素朴さが内装のぜいたくさを隠している。情熱的な城主だったマリー＝アントワネットは、トリアノンに全身全霊をささげた。

アンシャンレジームを懐かしむ人々のために、この快適で素朴な場所での王妃の日常が、二流の画家たちによるロマンティックな絵画や版画にたくさん描かれた[1]。そこでの王妃は、白い木綿地《パーケール》のドレスに薄布のフィシュ（三角の肩かけ）を着け、麦わら帽子をかぶっている。一方で親しかった人々の敬意に満ちた思い出は、部屋に入ってくる王妃を描いているが、とりまきの女性たちはタペストリーの刺繍をやめず、男性たちはビリヤードやバックギャモンのゲームを中断することがない。人々は、地方で王侯貴族とよばれるところの暮らしをする王妃を見るのが好きだった。そこにいれば、ヴェルサイユの宮廷ははるか遠くに思われた。

反対に、それに好感をもたない人々は、王妃が君主の妻としての義務をなおざりにして農婦ごっこをして、池で魚を捕ったり、牛の乳しぼりを手伝ったり、だれかがぬかりなく事前にきれいにしてある鶏の卵を集めたりいるのを見ていら立った。人々は、フランスの王妃が宮殿から離れて、芝居やオペラコミックの役柄を習得し稽古するのに何時間もついやし、選ばれた聴衆の前で演じてみせる、という気晴らしをしていることも批判した。いったい、これが王妃にふさわしい場所だろうか？　ポンパドゥール夫人は劇を演じたことがあるかもしれないが、王妃マリー・レクザンスカはそのようなことはつつしんだことを、人は指摘した。

そのような魅惑的な場所で、内輪の親しいとりまきを集めているとは、けしからぬ話だ！　大抵は年配者で昔からの慣習に忠実である重要な宮廷人の多くは、真面目すぎるということでそのサークルからは除外されていた。マリー＝アントワネットは、宮廷の重い責務より、ポリニャック一家、ヴォードルーユ伯爵、コワニー公爵、ギーヌ伯爵、エステラジー伯爵、ブザンヴァル男爵、ランバル公妃、といった華やかで、軽率で気どり屋の遊び人たちのほうを好んだ。フランス王妃は小さな徒党の主となり、王国はトリアノンの庭園と彼女の羊たちが草を食む牧草地だけに狭まってしまった。

王妃が自分の領地に長くとどまるとき、とくに夏のあいだ、王はほぼ仲間はずれだった。王がそこに寝泊まりすることはなかった。王が王妃に、トリアノンでの好みに合った暮らしを許したのは、そのあいまに、宮殿での公式の暮らしを受け入れさせるためではなかったのか？　トリアノンとアモーは、ヴェルサイユに閉じこめられるのに耐えられなかった王妃に必要な逃避と思われた。

だが小《プティ》トリアノンがマリー＝アントワネットにより愛されたとしても、だからといってヴェルサイユがかえりみられなかった訳ではない。王妃の愛する館が、ルイ一四世の宮殿にとって代わることは決してなかった。規模からしてむりだったが、ルイ一六世が先王たちの城に忠実だったこともある。トリアノンは、ウィーンのホーフブルク宮殿の二倍あるシェーンブルン宮殿でも、マドリードの宮殿に対抗することができるエル・エスコリア［マドリードの北西四五キロにある夏の離宮］でも、ベルリンあるいはポツダムに対するサン＝スーシでも、サンクト＝ペテルブルクより愛されたツアールスコエ＝セローあるいはペテルホフでもなかった。

たしかに、アンシャン・レジーム最後の王は、ほとんど建設をしなかった。あれだけなんどもルイ一五世の判断にゆだねられた改装計画は、みなそのまま放棄されていた。時間も財源もなく（アメリカでの戦争に経費がかさんだ）一七八三年にピエール＝アドリアン・パリスの提案による最後のプランは、建設局の忘れられた書類整理箱のなかで、先行のものと同じ運命をたどった。そのかわりにルイ一六世は、即位直後から流行にしたがって、内側のアパルトマンの内装を変え、国王の前庭に面した二階に図書室、ゲームルーム、そして椅子式便器を置く小部屋を作ったが、それらの内装には科学への興味が現れている。また、鹿の中庭の周囲の屋根の上に、新しい小部屋をいくつか造らせたが、それらは情熱を傾けていた趣味の地理、時計、木工細工、錠前造りのためのものである。新古典主義の内装と家具を入れたいくつかの部屋を別として、ルイ一六世はルイ一五世様式の内側のアパルトマンで暮らした。

ただし王妃には、ルイ一四世時代のもので時代遅れになり、往々にしてすっかり使い古されている範囲で、王妃の大（公式の）アパルトマン［王の大アパルトマンとほぼ対をなしている］の一部の内装を変えることを許可した。そこでマリー＝アントワネットは、王妃の寝室の夏と冬の壁かけと家具を新しいものととり替え、貴族の間とよばれた隣の部屋——そこでサークルを開き、謁見をした——の古いタペストリーと前世紀の大理石を白と金の木材と緑色の絹にし、一五年たった古い家具をドイツの家具職人リーズナーに注文したものと入れ替えた。大アパルトマンの裏側の私的な小部屋に新しい内装をほしがったことも、ほとんど非難されないだろう。マリー＝テレーズとマリー・レクザンスカが単調で敬虔な生活を送っていた小さな部屋部屋は建築家リシャール・ミックによって時代の趣味に合うものとなった。

王妃はまた、大理石の内庭の一階の別のアパルトマンの改装もしたが、ここは二階にある彼女の部屋からの行き来が楽なので、革命の前夜、王妃のお気に入りとなった。

このように、ルイ一六世もマリー＝アントワネットも宮殿をないがしろにすることはなかった。王は庭園に気を配り、賢明な所有者として、年月がたって大きく育っていた樹木に手を入れて美しい姿をよみがえらせた。王の命令で、一七七四年から七五年にかけての冬のあいだに、丈の高い老木が伐採された。この出来事は、ユベール・ロベールの二点の名高い絵画に、かなり重要な影響をあたえたと考えられている。植樹について、王は当時の流行にまどわされなかった。イギリス式のロマン派の造園をしりぞけて、前世紀を考慮した設計図に従うことを選んだのだ。

ルイ一六世は決してヴェルサイユに無関心ではなかった。王妃がトリアノンへ気晴らしの脱走をしたことでも、王が内気で不器用な性格だったことでも、事情はまったく変わらない。王夫妻がヴェルサイユを嫌っていたという見解を、だれも真実とは認めることはできないだろう。

原注

1　とりわけシャルル＝ルイ・ミュラー（一八一五―九二）の絵画「トリアノンの王一家」（リブルヌ美術館蔵）をあげることができるだろう。

36

ヴェルサイユは革命の影響を受けた

「通常の時の流れでは、長い年月をかけてもやりとげることはできなかっただろう。何世紀も見逃されてきたことを、わずかな年月と破壊者たちがまたたくまに破壊した」

フリードリヒ・ヨハン・ロレンツ・マイヤー［一七六〇―一八四四、ドイツの法律家、旅行記作家］

「人々の精神を、この大いなる破壊で驚かせ、この見事な宮殿を作っていたものを遠く四散させるべきだった。（中略）専制君主のとりまきは言ったにちがいない。われわれは完全に負けた。ヴェルサイユはもう存在しない！」

ルイス＝セバスティアン・メルシエ［一七四〇―一八一四、作家］

一七八九年一〇月六日、強いられて宮殿を去るルイ一六世は、最後に臣下の一人をこう励ました。「わたしの気の毒なヴェルサイユがわたしのために救われるよう、力をつくしてくれるように」。以後主人を失うことになる宮殿の存続に対する、この地の所有者の不安を十分に語っている。まさにその朝、昨日パリからやってきた群衆の一部が、城の柵を突破して王宮内に侵入し、扉を破壊し、護衛兵たちを追いつめ、殺害した。叛徒たちは国王一家のパリへの出発を強要した。屈するしかなかった。「林立する槍と銃剣」に囲まれて、ルイ一六世とその家族は馬車に乗った。その夜一家は、ルイ一五世が幼少時代に住んで以来無人となっていたテュイルリー宮に宿泊した。ヴェルサイユは、もはや空になってしまった。

この悲劇的な日以来、宮殿に対する脅威は高まっていた。そのことからヴェルサイユが革命によってそこなわれたという見解を正しいように思わせる。たしかに、革命の議会やクラブ、またパリのコミューンには、太陽王の宮殿に不幸な運命を割りあてるのに性急な雄弁家たちが少なからずいた。王政廃止、共和制の宣言、王の処刑は、王宮の破壊も約束していた。シャルル・ドラクロワ〔一七四一―一八〇五、政治家、画家ドラクロワの父〕はヴェルサイユの運命を封印するために、王宮の上を鋤で耕すことを提案した。こうした破壊計画の多くが、恨みのこもった饒舌から出ているものではあったが、宮殿はそれでもやはり現実に危険な状態にあった。

宮殿は「権威を剥奪された」、つまり「封建制の象徴」とよばれるところのものをはぎとられた。「専制君主たちの権化」ということで、大理石の内庭を飾っていた台座の上の胸像がはずされた。しかし、これらが壊されることはなかった。王を象徴する王冠、笏、Lの字を組みあわせたモノグラム、百合の花が羽目からはがされた。しかし細心の注意をもってだった。除去にたずさわったのは、宮殿の建設局の元職人であることが多く、かつての自身の技量に敬意をもっていたからだ。

だが損壊は化粧漆喰やレリーフが削りとられるにとどまらなかった。トリアノンも宮殿そのものと同じくらい損害を負った。ガブリエルの傑作である小トリアノンは宿屋になった。繊細なフランス館には軽食堂とダンスホールができ、愛の神殿はすっかり荒らされ、大理石のタイルははがされ、アモーの建物は崩壊した。不法に占拠されて屋根に穴があき、壁にヒビが入った。大運河は水がぬかれて牧草地となり、北と南の花壇にはりんごの木が植えられた。

宮殿は盗賊の餌食となった。毎日新しい犯罪がそれまでの損害にくわわった。創意に富む革命家たちは、もっと悪いことも約束した。あるものは弾丸を作るために、ボスケと泉水の鉛の彫像を溶かそうと言う。またほかの者は、軍隊のためにマットレス、掛け布団、上下のシーツの徴用を要求した。結局、「かぎりない蛮行」だったと手薄で無力な衛兵チームの責任者が最後には書いている。一八〇二年にヴェルサイユを訪れたあるイギリス人は、「略奪と破壊」しか見なかった。この大建造物が外側からどれだけひどい損害を受け、どれだけいろいろな場所から雨がもっているかを指摘し、「すべてのものの上に崩壊が迫っている」と結んでいる。

しかしながら、一〇月六日に王一家が宮殿を出発したことが、数か月後の宮殿の荒廃を予測させるものだとは、同時代人には思えなかった。宮廷が留守になるのは、一時的なことだろうと考えられ、いつものフォンテヌブローやコンピエーニュへの旅行と同様に、広い館にどうしても必要な軽い手直しがはじめられた。不在が長引くと、いつもは先延ばしになっていた、もう少し進んだ改修工事さえ行なわれた。全体に楽観的な雰囲気だった。多くの人々が、ヴェルサイユの幸福な日々が戻ってくると信じていた。たしかに、厩舎の馬の数が減らされ、一部の家具が、長いあいだ空になっていたテュイルリー宮に運ばれた。けれどもヴェルサイユは王宮の地位を保ちつづけていた。

一七九〇年代に入った頃には、すでにありそうになくなっていた王が帰還する見こみは、完全に消えた。建設部は工事を中止した。アパルトマンからは家具がとりはらわれた。そのことからヴェルサイユの人々も、宮廷が戻ってこないと判断した。

人気のなくなった町の住民たちの不安には根拠があった。宮廷人たちがパリへ戻り、最初の亡命者が出発しはじめると、召使いや建設局の労働者たちに多くの失業者が出た。政治的和合の幻想はすぐに消えてなくなった。テュイルリー宮における王は、まさに囚われの身となっていた。

一七九二年から一七九三年にかけての、革命の歴史の急激な加速を、ヴェルサイユは生きのびられるだろうか？　破壊と盗難にもかかわらず、あらゆる保全工事が減速し、さらには中止されたにもかかわらず、そして「専制君主の巣窟」に対する燃えるような脅威にさらされていたにもかかわらず、宮殿は侵略もされなければ、解体されることもなく、一八七一年のテュイルリーのように焼かれることもなかった。おそらく、これだけの巨大な建造物を破壊することの代償の前で、たじろいだのだろう。

しかし、宮廷のぜいたくな生活の証拠品である、家具や収集品は、とりあげられた。大臣ロランの提案で、議会は家具類を公の競売にかけることに決めた。恐怖政治がもっとも危険だった一七九三年六月十日から一七九四年八月一一日までの一四か月間に、こうして一万七一八二セットが売られた。

その際売られたものは実際、もっとも豪華な家具や価値の高い工芸品ではなく、「多くは備品や必需品」に属するものだった。ヴェルサイユは次に続く政体、総裁政府時代に宝物をもっていかれる、宮殿にとって災禍の時代だ。一七九六年の三月と四月、非常に美しい何点かが国際市場に出され、のちにとくにイギリス人のものとなった。[1] 公共財政が悲惨な状況にあるため、セーヴル焼の壺やサヴォヌリー絨毯工房の絨毯やゴブラン織のタペストリーが「ニシンや麻や大砲、油脂、硝酸カリウム、炭酸カリウムと」交換され、金糸を使った一連のブリュッセル製のタペストリーが、そこから金を取り出すためにやむなく燃やされた。こうしてフランスの文化遺産の一部は消えてしまった。

王の収集品は売りに出されなかったが、四散した。一七九二年九月、共和制の宣言があった日に設立された「臨時芸術委員会」は、革命で生まれた、あるいは生まれ変わった国立の教育機関にそれらを割りあてる任にあたった。絵画、主要な工芸品、骨董品は——庭園の彫像は別である——ルーヴル美術館の前身である、できたばかりの美術館に割りあてられた。同様に一七九一年に創設された国立図書館とヴェルサイユ市の図書館が書籍とメダルをゆずり受けた。政治文書は国立古文書館に移され、時計や科学的器具は国立工芸院におさめられた。

体系的に引きはがされて、宮殿は空になった。その生存は新たにあたえられる役割にかかっていた。財政の重い負担をかかえて、ヴェルサイユはなんらかの役割なしではいられない。重要な教育的役割を負わせることができるだろう。政治的引き立て役であろ。ヴェルサイユはブルボン家が臣民に対しどんな隷属を強いていたかを、市民に知らせるために保存されるべきだ。奴隷状態から解放された民衆に、専制への恨みを教えるためにのみ保護することができる。宮殿は自由の子どもたちに政治教育をする役割を担うだろう。この立派な計画は失敗に終わった。宮殿は革命の宣伝には役立たなかった。かなりのためらいののち、「農業と美術に役立つ機関」を置くことに決まった。ヴェルサイユを美術館にしよう。この新しい役割が宮殿を救った。

一七九三年一一月二四日、大アパルトマン、鏡の間、北の翼棟の二階に三五〇点もの作品をそろえたフランス画家の専門美術館が創設された。翌年の八月に初公開され、一七九七年、最終的な形をとった。この美術館の役目は、ルーヴルとははっきり異なる。ルーヴルには外国の傑作を、ヴェルサイユには、フランスの過去の作品からまだ生きている画家の作品まで[2]展示した。こうして、宮殿はフランスの栄光をたたえて建てられた記念建造物の地位に昇格された。

フランス絵画のコレクションの隣には、別の文化施設、自然史博物館、セーヌ＝エ＝オワーズ県（現在はイヴリーヌ県）立のエコール・サントラルが、空になったスペースを占領した。王と王族の図書室にあった蔵書をおさめた公共の図書館が、最初南の翼棟に、次いで外務卿の館（ここには現在もヴェルサイユ市のすばらしい中央図書館がある）に設置された。エルキュールの間は、モデル学校に改装されたが、これがのちに美術学校となる。歌劇場は音楽学校に変わった。衛兵の間は、ヴェルサイユの芸術家たちのはじめてのサロンとなる。さらに、小厩舎には、ソーミュール馬術学校の前身である、馬術学校が創設された。

かつてルイ一四世が、もう住むことがなくなったルーヴル宮を芸術家や学術団体に解放したように、王宮は芸術の町となった。新しい利用によって、宮殿の保存が保証された。

王権を廃止した革命は、ヴェルサイユから住まいとしての機能を奪った。宮殿から財宝をとりあげた。だが、完全に破壊することはなかった。一七九二年八月にいたるまで、その屋敷に敬意をはらい、その後、装飾と調度品をはぎとった。結局それなりに宮殿を保護したのだった。
恐怖政治がもっとも過激だった一七九四年六月四日、旧王権に対する思いやりなどほとんど考えられなかった国民公会が、それにもかかわらず、ヴェルサイユを、共和国の費用で管理維持すべき王宮の一つとして認めた。あるスコットランドからの先入観のない旅行者が、一抹の哀愁をこめて宮殿の運命を語っている。「この見事な建造物は、革命のあいだ少しも損害をこうむらなかったが、その後の保全ができていないのと、もう住む人がいないのとで、陰鬱な雰囲気があり、それが嫌でも最後の主人たちの不幸と、人間の権勢のはかなさを思い出させる」。パラドックスはささいなものではない。ヴェルサイユは、ほかで芸術品や文化財へのあれだけの破壊行為を行なった革命によって、保存されたのだ。

原注

1　イギリス人たちは、一八〇二年のアミアンの和約以後、フランスの地にいた。

2　この美術館におさめられた作品は、数年後多数がリュクサンブール宮の上院、サン＝クルーの大統領公邸、さらには修道院へ移された。フランス画派専門美術館は一八一〇年、最終的に消滅した。

37 ナポレオンはヴェルサイユを嫌った

「あれだけ多くのものを破壊した革命が、なぜヴェルサイユ宮殿を解体しなかったのだろう！　わたしは今日、できの悪い古い城、耐えがたくなりそうな取り柄のない寵臣をかかえこもうとは思わない」

ナポレオン一世

「大きいものは美しい」とナポレオンはくりかえし言った。したがって、小さすぎると判断したヴェルサイユは、あまり好みではなかった。せいぜいが、歴史的威光を感じたくらいだろう。皇帝は王の住まいで、おちつけなかったようだ。おそらく過去に威圧され、スタイルの不均一に不快感をいだき、修復に必要な費用に怖気づいたのだろう。たしかに、古くさく、自分にふさわしくないヴェルサイユをとり壊して、かわりに自分につりあった宮殿を建てたいと考えていたことだろう。だがそれにかかる費用が彼を後ずさりさせた。大きな（そして破壊的な）構想がなかったため、彼は状況に押されて、わずかな修復をするに甘んじた。

第一執政ボナパルトは直前の先人たちと同様に、宮殿の将来を気にかけていた。国民公会の意見を手直しして、そこにパリの廃兵院の別館を置くことにした。二年のあいだに、ルイ一四世の宮殿には二〇〇〇人の負傷兵が収容されたが、だれひとりとして破壊の原因とはならなかった。革命によって多くを失ったヴェルサイユの町の苦痛をやわらげるため、政府は宮殿をアトラクションにすることを考えた。かつてガブリエルの翼棟にあった劇場を修繕し、一八〇〇年の一〇月には演劇シーズンを開幕させた。一八〇一年七月のある日に上演された噴水のスペクタクルは、非常に多くの観客を引きよせたので、翌月にも再演しなければならないことになった。主人なき城館は活力をとりもどしはじめた。オーストリアとのリュネヴィル条約、イギリスとのアミアンの和約の後は、ドイツ人ととくにイギリス人が多かったが、パリに立ちよった外国人がヴェルサイユに姿を見せた。これら「ツーリスト」のために、町の住民は喜んで、ガイドをし、旅籠を提供し、カフェや商売を営み、部屋を貸した。

ヴェルサイユに対するナポレオンの関心は、最初は薄かったのだが、皇帝になるとふくらんだ。新しい政体を確立すると、宮殿は褒賞の領分に入ってきた。皇帝のグラン・マレシャルだったデュロック将軍は、一八〇四年一一月、皇帝の名でヴェルサイユの所有権を取得する。以後ヴェルサイユは皇帝の住まいとなった。革命政府がそこに設置していた機関は、場所を開ける必要があった。パリのノートルダム大聖堂における皇帝の戴冠式には、国王たちの宮殿に入りたくてたまらないでいた教皇ピウス七世を迎えた。ローマ教皇からの賛辞を聞いて、ナポレオンはこの宮殿の威光を活用する決意をする。教皇の訪問からたった二か月後、彼はヴェルサイユに出向いて、駆け足で見てまわり、トリアノンまでも行った結果、自分の宮廷もそこに置こうかという計画を温めつつ、なんらかの工事を命じることにした。

まずは町のほうを向いたファサードの手直しが必須のようだった。ルイ一五世とルイ一六世のもとで練られた設計図が取り出され、建築家のジャック・ゴードワンが重要な改築を提案した。だが、プロシアを相手の、続いてはロシアを相手にした戦争中だったため、皇帝は建物のために用意してあった資金を凍結した。計画は葬られ、なにも着手されなかった。

宮殿の建築家アレクサンドル・デュフールが、ガブリエル棟と対をなす旧翼棟のポルティコ建設をはじめるのは、一八〇八年まで待たなければならなかった。そのかわり、プリンスたちの中庭の通路の奥の、劇場はとり壊された。

同じ年、ナポレオンはこの土地を視察して、その将来について個人的な考えを決めようとした。判断がくだった。壮大な改築は忘れること！　建物を強化し、屋根の鉛から扉の金具まで、細かいところを修繕することが適当だろう。六か月後エルフルトから戻ると、完成した修理を確認するために宮殿を再訪した。

二番目の妻、ハプスブルク＝ロートリンゲン家のマリー＝ルイーズとの結婚を準備するなかで、皇帝はブルボン家の城館のメリットに気づいた。コルシカの小貴族が、ヨーロッパのもっとも古い名家の一つと姻戚関係を結ぼうとしているのだ。ナポレオンはフランス王の足跡をふもうとしていた。彼はマリー＝アントワネットの姪と結婚しようとしているのではないか？　彼はルイ一六世のことを話すとき「われわれのおじ」と言ったのだろうか？

創意に富んでいて、壮大な計画の提案に自分の名前を刻印したいと思っている建築家には、絶好の機会だった。だがまたしても、高くつきすぎると判断されて、それらの提案は実行されなかった。一八一一年、息子ローマ王の誕生で、宮殿の改築のアイディアが一時的に活気づいた（この待ちに待った跡取りのための、シャイヨーの丘に途方もなく大きい宮殿を建てることを、まだ想像さえしていない頃だった）。だが、経済危機とたえまない戦争で、大規模な工事に好都合とはいえなかった。

改築への漠然とした気持ちはあったが、ナポレオンはいつも費用の前に引き下がった。設計事務所からたくさんのプランが出されたが、実現はほとんどない。意向に反するこの財政上の障害は、彼をいらだたせた。ヴェルサイユにおいて、皇帝は無力だった。

トリアノンには非常に魅せられていて、帝位につくとすぐに、大理石のトリアノンのほうを直系皇族の地位に昇進していた母親に割りあてた。建物は急遽修繕され、二つの居住棟を結ぶポルティコ（柱廊）にガラスがとりつけられた。ところが母親のレティシアは気むずかしく、ルイ一四世の愛妾の住まいに、不便な点や不快な点を見つけては不満をもらし、そこに住むことを拒否したのだった。

それまで旅籠屋が使っていた小トリアノンは、少し前にボルゲーゼ家の王子と結婚していた妹のポーリーヌ・ボナパルトの邸宅となった。ナポレオンは、庭園が手入れされること、「この田園の主要な魅力である」噴水が作動していることにこだわった。賓客たちに機会を逃さず、満足げに、全体を見せてまわった。それは、たとえば一八〇七年には、やがてヴェストファーレン王となる弟ジェロームの妃カタリーナ・フォン・ヴュルテンベルクであり、一八〇九年にはザクセンの最初の王で彼の支持者、フリードリヒ＝アウグストであった。

トリアノンが気に入っていたナポレオンは、一八〇九年一二月にはジョゼフィーヌとともにそこに宿泊した。彼はそこにいくらかの工事をほどこし、調度を整えた。ちなみにグリ・トリアノンというキャンバス地のトランクで有名になったルイ・ヴィトンの創業は、第二帝政の時期である。マリー＝ルイーズとは、もっと多く滞在した。新しい皇妃は、故大叔母が、非常に愛した場所に夢中だった。一八一二三年まで、夏のあいだの一、二週間、ルイ一四世の伝統に忠実に、皇帝夫妻はそこで内輪ですごした。ルイ一四世にとってトリアノンは王自身のためだけの宮殿だったのだから。

38

ルイ＝フィリップがヴェルサイユを救った

「この美術館の構想は、最初国王ルイ＝フィリップ自身の頭で、祖先のなかでももっとも力があって輝いていた王が創造し、住んでいたこの宮殿と庭園を、野蛮な破壊と卑俗な使用から救う方策でしかなかった」

フランソワ・ギゾー［一七八七―一八七四、政治家、歴史家］

「あなたがたに返されたのは、ルイ一四世のヴェルサイユです。それはネズミと議員たちが破壊しようとしていたのを、ルイ＝フィリップが救った、偉大な王の宮殿です」

デルフィーヌ・ド・ジラルダン［一八〇四―五五、ジャーナリスト］

これからどうなるかわからないというのは、巨大な建造物にはあってならないぜいたくである。革命と帝政の後、その過去にふさわしいはっきりとした役割もないまま、ヴェルサイユは脅威にさらされていた。アンシャンレジームを懐かしむ、あるいはたんにその美しさを愛する擁護者たちにとって、病院や学校あるいは手工業の製作所を、ずうずうしいヤドカリのように収容するのは、芸術の母たるフランスの名誉を傷つけることと思われた。革命が終わり、第一帝政が崩壊したいま、ヴェルサイユとよりを戻し、祖先の宮殿をよみがえらせるのはブルボン家の王たちによるのではないか。

ルイ一八世はそのことを考えた。鏡の間と大アパルトマンでのなんらかの改装を着手させた。南側でガブリエル棟とシンメトリーをなすデュフール棟の建設は、彼の時代に完成する。だが、財政上の制約からそれ以上には進まなかった。その弟で後継者となったシャルル一〇世も同じ障害にぶつかるが、それだけでなくヴェルサイユへの復帰は一七八九年の原理に忠実な、自由主義的ブルジョワジーから挑発と受けとめられかねないことがわかっていた。彼の治世は短かったので、ほかのことをしているあいだに終わってしまった。

ルイ一六世の弟たちがヴェルサイユにあまり手をくわえなかった一方で、宮殿は彼らの従兄弟でフランス王となったルイ＝フィリップ・ドルレアン（在位一八三〇―四八）の関心事となった。しかしそこに住むことや、宮廷を移すことは考えていなかった。修復工事もわずかで、依頼の少なさに悩んでいた建築家たちは、大規模な解体計画を温めていた。宮殿の処置は政治当局を悩ませつづけた。個人的な使用というような、世間の顰蹙をかいそうな無頓着なことは避けて、この市民王は一八三三年、ヴェルサイユをフランス国民に贈ることにした。フランスの歴史博物館を収容すれば、宮殿をあらゆる脅威から救えるだろう。そのアイディアはまったく新しいというものではなかった。革命政府も、そこでフランス画家専門美術館を開館している。だが、このたびの王の計画はもっと野心的だった。フランス国民の歴史をよりどころとしたのだ。こうして、ヴェルサイユは共有の財産となり、「フランスのすべての栄光」に捧げられた記念建造物となる。

この高貴な計画のために、ルイ＝フィリップは意欲と財産と時間を捧げた。議会の統制（と気まぐれ）から守るため、自身には公邸をあてがい、以後皇室歳費を受けた。計画は二三〇〇万フランかかり、王はそれを自分のへそくりから出費した。これだけの財産を投じるのであるから、週ごとの調査は当然である。毎週自分の作品を監督するために宮殿を訪れ、指示をあたえるのだった。四年間の訪問は四〇〇回におよんだ。一七八九年以前の王政を回復しようと思っている、と非難されないように、王はヴェルサイユを住まいとするのを拒否した。そこに宿泊することは決してなかった。とはいえ、協力者の訪問を迎え入れ、晩餐会や夜食を供するための仮の住居はどうしても必要だった。この目的のため、ひかえめに改造したかつての王と王妃の内側のアパルトマンのなかの、「昼のアパルトマン」を使えるようにした。

建築家フレデリック・ネプヴーの監督下で、一八三三年から工事がはじまり、四年間続いた。ヴェルサイユは、こうしてクロヴィスから七月王政まで、国家の歴史を語る絵画を受け入れる用意を整えた。はてしなく続くギャラリーや大きな広間が、そうした絵画に捧げられた。トルビヤクの戦いからワグラムの戦いまで、フランスの軍事的勝利を表現する三三枚の巨大な絵画が展示された戦争のギャラリー、現王権の正当性をはっきりと思い出させるのを目的とした一八三〇年の間、革命が「専制君主」の軍に抵抗し、国境を越えて攻撃を行なった年である一七九二年の間、そして戴冠式の間は、ナポレオン一世の出世物語に捧げられた。最後に十字軍の間は、ゴドフロワ・ド・ブイヨンとフィリップ尊厳王の栄光をたたえ、十字軍に参加した偉大な人物たちを展示して、いにしえの王家が近東への遠征に寄与したことを思い出させた。

そこに選ばれて展示されているものには意図があった。国家に不可欠な和解を主張するものでなければならず、その中心人物は国王である。ブルボン正統王朝派、ボナパルト派、共和派がそれぞれ展示作品から利益を得ることができ、王とその一族、そして彼の統治は承認を得ることができた。新しいヴェルサイユはこうして、政治的対立をのりこえることができるだろう。フランスの歴史美術館が開館したばかりの一八三七年六月一一日、ヴィクトル・ユゴーは、王政の記念建造物を国民の記念建造物としたこと、また革命と王の戦争を向かいあわせ、皇帝を国王の館、ナポレオンをルイ一四世の宮殿に入れて、過去についての大きな構想を打ち出したことで、フランス人の王をたたえている。

だがどんな代償を払って？　これだけ多くの歴史絵画が所狭しとならぶこれら長いギャラリーや広大な広間は、どこから出たのだろうか？

四年のあいだ、ヴェルサイユはまた工事現場となっていた。解体の現場である。礼拝堂と歌劇場、鏡の間とその二つの広間、ルイ一四世の寝室と閣議の間は美術館のために改装されることはなかったが、主屋のほかの部屋は、二階も一階も、絵画が壁にはめこまれた。絵を展示するための広いパネルが必要なので、暖炉や木製の造作、窓間壁の鏡、貝殻のような模様を彫ったロカイユ美術の傑作は躊躇なく撤去された。大理石の内庭と玄関部分の地面は、美術館全体を同一平面にするため、建物正面の張り出し部の円柱の台座が異常に高くなることや、マリー＝アントワネットがこの内庭の一階に作らせた小アパルトマンを犠牲にするのを覚悟の上で、低くされた。

主棟に隣接する翼棟は、もっとずっとひどい目にあった。南の翼棟の王族のアパルトマンはとり壊され、仕切り壁は打ち壊され、中二階の床は解体され、装飾は切りきざまれた。戦争のギャラリーとよばれる巨大なギャラリーができて、それまであった豪華な住居は永遠に失われた。庭園に面したファサードには、この大規模な破壊の傷跡が残っている。窓はほとんど全部ふさがれ、金属の骨組みで連結された長いガラスからギャラリーに入る天窓採光が優先された。それが時代の新機軸であり自慢だったのだ。

北の翼棟も同じ扱いを受けた。宮廷人たちの住居はとり壊され、いくつもの絵画展示室、大小の十字軍の間（町側の一階部分）に、そして二階の東側はアルジェリアの都市コンスタンティーヌの間に代わった。

アティクに作られていたアパルトマンは、ほとんど全部がぶちぬかれた。南の翼棟（町側）と北の翼棟の三階は、王妃の大アパルトマンの三階と同様に、革命、執政政府、帝政、さらには一九世紀の展示室となった。ポンパドゥール夫人のアパルトマンだけが保存された。

王宮をこうしてフランスの歴史美術館のために犠牲にし、ときとして取り返しのつかない破壊をおこなったフィリップを、はたしてヴェルサイユの救い主ということができるだろうか？　フランソワ・ギゾーの擁護とヴィクトル・ユゴーの賞賛とは反対に、こうした途方もない破壊行為のことで、彼は永久に非難されることになった。二〇世紀の初頭、一人の批評家が、審美眼がないと判断された大衆への少なからぬ軽蔑をこめて、フランス人の王の罪を酷評した。「大衆を喜ばせるために宮殿を粗悪品に変えた。王宮に代えて美術館を作る目的で、なにもかも壊し、傷つけ、燃やし、略奪した」。バルザックもほぼ同じようなことを言っている。「ヴェルサイユの美術館を見ようと押しかけて感心しているのは、一に俗物、二に俗物、俗物ばかりだ」。そして美術史家のピエール・フランカステルは一九三〇年に次のように考察している。「彼らのもくろみを実現するために宮殿を破壊した王とその協力者たちは、われわれの目に、ほんとうに血迷っていたように見える」。たしかに、赤く塗られたガブリエルの歌劇場は人をいらだたせたし、幸運にも破壊的な改装をまぬがれた牛眼の間に入れられた家具はばかばかしいものだった。待合室風の羽根飾りつきの巨大なクッション・スツールが、美術館から出てしまったという印象をもたないようにするためだけに、中央に置かれていたのだ。

ヴェルサイユの救世主？　まさか。ルイ＝フィリップが登場する前、ナポレオンとルイ一八世のおかげもあって、宮殿はかなりよい状態だった。そのうえどんな保護措置も、役に立たないということで、その治世を通じて、着手されなかった。王宮に行なった破壊を非難されるだけでなく、ルイ＝フィリップのヴェルサイユでの仕事は、別の批判もまねいた。収蔵庫から出してきた作品を補うために注文した絵画の芸術的価値が、嘲笑をひき起こしたのだ。さらに、フランスの歴史美術館が、いかにそれを設立した王自身の治世を称揚することを目的としていたかということもいわれた。しかしながら、この批判は正当ではない。

フランス人の王の美術館計画に、政治的下心がなかったわけではないが、それをいうなら鏡の間のヴォールトにシャルル・ル・ブランがルイ一四世の治世を賛美していたのを思い起こすといい。だが、戦争のギャラリーの絵の前で作り上げられた国家的高揚のなかで、王にしたがって団結してほしかった国民は、それにもかかわらず一八四八年二月には市民王を追いはらい、七月王政を廃止し、共和国を宣言することになるのだ。ルイ＝フィリップがそうした目的のために、だいなしにされて美術館になった宮殿に託した政治的役割をもしあえて評価するなら、それは失敗だったと認めざるをえない。

39 ヴェルサイユは王政とともに死んだ

「ヴェルサイユがルイ一四世なしで生き残ることはない」

テオフィル・ゴーティエ［一八一一―七二、詩人、作家］

「ヴェルサイユは美しかった、（中略）王や王族、貴族、官僚、召使い、洗練された上流社会の人々がそのぜいたくな絨毯と貴重な寄木細工の床をふみにじっていたとき」

アレクサンドル・デュマ

広く共有されている見解では、ヴェルサイユはフランス国王が住むところである。たしかにルーヴル宮は、王たちの伝統的な宮殿で、ヴェルサイユよりずっと古い。しかし、われわれが共有するイメージでは、ルーヴルは美術館──しかも世界でもっとも大きいものの一つ──であるのに対して、ヴェルサイユは王宮である。テュイルリー、サン＝ジェルマン＝アン＝レー、ヴァンセンヌ、フォンテヌブローあるいはコンピエーニュも王とその宮廷を受け入れたが、太陽王が作った宮殿の陰に隠れて目立たない。

だがじつは、ルイ一三世から革命まで、たった四人の君主しかヴェルサイユには住んでいない。そしてこの城館は一六八二年五月から一七八九年一〇月までの、一世紀のあいだしか主要な王宮ではなかったのだ。しかしながら、宮殿の輝かしさとルイ一四世の大御世《グラン・シエクル》の華やかさ、宮廷の威光が、何世紀にもわたってフランス王の居住地であり、フランス王政の中枢であったと思わせてしまう。客観的事実の真実性が、人々の記憶のなかでこれだけなおざりにされている例はめったにない。

ルイ一六世の弟たちであるルイ一八世もシャルル一〇世も、そこで生まれていながら、ヴェルサイユを住まいとして選ばなかった。ルイ＝フィリップはフランスの歴史美術館の設立を見守るためにだけ規則的に訪れたが、一度も宿泊していない。ナポレオン三世も、それ以上にそこに住もうとは考えなかった。その后ウジェニーは、マリー＝アントワネットに魅せられた、奇妙な「ルイ一六世＝皇后スタイル」の提唱者ではあったが、プティ・トリアノンを修復させてふたたび家具を入れ、一八六七年に公開したにとどまった。ただ、皇帝夫妻はパリを訪れる外国の君主たちをヴェルサイユへ迎えることに喜びを感じていたらしい。そうした国王たちのために、鏡の間や歌劇場ですばらしい祝宴を催した。なかでももっともめざましかったのは、一八五五年八月、ヴィクトリア女王とアルバート殿下の訪問の際の宴だ。舞踏会、音楽のスペクタクル、大噴水、イリュミネーション、花火と、レセプションはアンシャンレジームにふさわしいものだった。それは、ヨーロッパの君主たちに、革命のフランスも帝政のフランスも安心して出入りできるようになったことを教えた。太陽王の宮殿は、そのことを保証するものと見えた。

第二帝政は、人も知るように、戦争に負けたことによって終わった。スダンにおけるプロシア軍に対する敗北を受けて、一八七〇年九月四日、パリで［第三］共和制が宣言された。その後ヴェルサイユが舞台となった出来事は、運命が、いかにヴェルサイユを王政から切り離して、新しい体制を受け入れたかを語っている。

九月一九日、勝利者プロシア軍がパリを包囲する。首都の攻囲戦がはじまった。敵の参謀本部はヴェルサイユに司令部をすえた。元帥フォン・モルトケ、宰相ビスマルク、それから国王ヴィルヘルムがヴェルサイユの町に身を置いた。アルム広場はあらゆる口径の大砲で埋めつくされた。宮殿の大部分が軍の病院となった。警備もいなくなったルイ＝フィリップの美術館全体が脅威にさらされているようだった。王室礼拝堂をルター派が使っている！　鏡の間では、翌年の一月一八日ヴィルヘルム一世が、ドイツ皇帝を宣言する。ヴェルサイユはこうしてドイツ統一達成の証人となった。

ドイツ帝国の大砲はパリを爆撃しつづけた。首都の降伏条件がヴェルサイユにおいて、国防政府のメンバーであるジュール・ファーブルによって協議された。新たに選出された議会は大部分が王党派で、敵から遠いボルドーで招集された。アドルフ・ティエールが「政権執行長官」に任命され、議員を代表してヴェルサイユのビスマルクのもとへおもむき、二月二六日に調印にいたる仮講和条約の交渉を、最善をつくして行なった。議会はこれを承認し、敗戦の責任があると判断されたナポレオン三世の廃位の決議をする。

ビルマルク、次いでヴィルヘルムが即刻退去し、ヴェルサイユは完全に明け渡される。宮殿も庭園もプロシアの占領によって被害を受けることはなかった。サン＝クルーが前年一〇月に火災で焼失した一方で、ヴェルサイユは残った。三月一八日にパリ＝コミューンの乱が勃発したとき、最終的な条約の詳細が準備されているところだったが、これは一八七一年五月、フランクフルトにおいて調印される。

ドイツ軍撤退の後、王党派の色彩が強かった議会は、ボルドーからの行き先につき、不穏になってきたパリではなくヴェルサイユを選び、三月一〇日に移転する。ルイ一五世の歌劇場は議員数七二二人の議会を迎え入れ、北の翼棟全部に行政諸機関が入った。政府はパリに身を置くが、コミューンの蜂起にあってティエールは、首都をよりよく奪回するために、一時そこを避難する決意を固める。政府は、全行政機関と外交団の一部をひきつれて、ヴェルサイユへ撤退する。軍隊は近隣にあるサトリ駐屯地に結集した。ヴェルサイユはふたたび政治の場としての役割を見出した。ティエールは県庁舎に、議員たちは個人の住宅やホテルに身をよせた。大勢が鏡の間を住居としたが、そこではついたてやカーテンがあってもプライバシーを守るのはむずかしかった。

宮殿はふたたび、ざわめく行政の中心地となった。あるジャーナリストがその頃のことを書いている。「政府はルイ一四世の宮殿に、ミツバチの巣のようなものを形成して、政府のそれぞれのメンバーがその巣に自分の巣房を見つけている」。議会、政府、セーヌ県の行政機関、県庁、警視庁を収容したヴェルサイユは、パリ市庁舎で前の年（一八七〇年）九月四日に宣言され、まだ脆弱で暫定的なものと考えられていた共和制の誕生の地となろうとしていた。［一八七三年五月］辞職を余儀なくされたティエールに代わって、正統王朝派で知られているマクマオン元帥が共和国大統領に選出されたとき、議会の大多数は王政の復古を期待していた。共和国は執行猶予中のようだった。しかし、王位主張者自身が王政復古を不可能なものとした。王権の白旗に忠実なシャルル一〇世の孫、シャンボール伯爵が、一七八九年の原理と下院に主権を認めることを拒否したからである。王政復古は挫折し、共和主義者の勝利だった。

一八七五年一月三〇日、ヴァロン議員から出された修正法案が、議会で審議中の憲法的法律のなかに、共和国という言葉を導入した。この法案は賛成多数で可決された。この決議によって、あいまいさは終わる。こうして国王たちの町だったヴェルサイユは、第三共和制の揺籃の地となった。

憲法で定められた二院が宮殿に創設された。上院が、歌劇場にあった以前の議会に代わった。下院のためには、建築家エドモン・ド・ジョリーが、南の翼棟の中央の道路側を切り開いて、「非常にルイ一四世的趣味」の内装をほどこした半円形の階段式会議場を建設した。それに事務所、委員会、会計管理課、記録保管所にあてられた場所と共和国大統領のアパルトマンがくわわり、信任の儀式はそこで行なわれることになる。上・下両院はそこで両院合同会議を招集することができた。

ジュール・グレヴィが共和国大統領に選ばれた後、一八七九年六月一九日、両議院はパリへの帰還を決定した。一八七一年以来、フランスの臨時の首都であったヴェルサイユは、ライバルにその地位をゆずった。凱旋した共和制は、七月一四日を国民の祝日と決め、ラ・マルセイエーズを公式の国歌とし、パリをふたたび首都とした。

ただし、ヴェルサイユは一つの特権を維持した。国会による共和国大統領の選出は、両院合同会議による憲法改正と同様、ここで行なわれた。ジュール・グレヴィからルネ・コティまで、すなわち一八七九年から一九五三年までの第三と第四共和制の大統領がヴェルサイユで選出された。ド・ゴール将軍によって提案された一九六二年の国民投票からは、フランス国民有権者の直接選挙による国家元首選出が制定され、宮殿はもはや、憲法改正の場合しか国会議員を迎えることがなくなった。

第一次世界戦争の後、ヴェルサイユは敗戦国ドイツにかんする条約の協議の場として選ばれた。審議はトリアノン宮で行なわれた。一九一九年六月二八日、鏡の間において、ヴェルサイユ条約が調印される。場所の選択は象徴的だった。これによって、四八年前のドイツ帝国宣言の際の屈辱が雪がれた。パリ近郊条約と名づけられた一連の条約が新しい中央および東ヨーロッパの形を整えた。たとえば、一九二〇年六月四日に調印されたトリアノン条約はハンガリーの運命を決めている。

君主とその政府と宮廷の住まいだった王政のヴェルサイユに、ルイ＝フィリップのヴェルサイユ美術館に、ピエール・ド・ノラックの指揮のもと、三〇年にわたる［一八八七―一九二〇年］宮殿の学芸員たちの努力によって復元され、ふたたび家具を戻されたヴェルサイユに、第三共和制［一八七〇―一九四〇年］は政治的役割をふたたびあたえた。その役割はいまも残っている。ヴェルサイユは外国の元首たちを迎え、共和主義者の祝宴をもてなし、一九八六年六月の先進国首脳会議のように重要な国際会議に場所を提供している。国民議会議員も元老院議員も両院合同会議の際はそこにならんで座り、憲法改正案に投票し、あるいは共和国大統領の演説を聴くのだ。二〇〇九年六月二二日にはニコラ・サルコジが、二〇一五年一一月一六日にはフランソワ・オランドが、二〇一七年七月三日にはエマニュエル・マクロンがここで演説を行なった。

共和国は王宮の招かれざる客ではない。ヴェルサイユにおける共和国は、自分の居場所にいるのだ、と正当性をもってはっきりと言うことができる。

参考文献

Aillagon (Jean-Jacques), *Versailles en 50 dates, Paris,* Albin Michel, 2011.

Antoine (michel), *Louis XV*, Paris, Fayard, 1989.

Arminjon (Catherine), (sous la direction de), Quand *Versailles étaitmeublé d'argent*, catalogue d'exposition, Paris, RMN, 2007. Notamment les articles de Béatrix Saule et de Gérard Mabille.

Beaussant (Philippe), *Versailles. Opéra*, Paris, Gallimard, 1981.

—, *Lully, le musicien du soleil*, Paris, Gallimard, 1992.

—, *Les Plaisirs de Versailles. Théâtre et musique*, Paris, Fayard, 1996.

Beurdeley (Michel), « Ventes du mobilier royal de Versailles », dans *De Versailles à Paris, le destin des collections royales*, catalogue d'exposition, Centre culturel du Panthéon, 1989.

Bluche (François), *Louis XIV*, Paris, Fayard, 1986.

— (sous la direction de), *Dictionnaire du Grand Siècle*, Paris, Fayard, 1990.

Bottineau (Yves), *Versailles, miroir des princes*, Paris, 1989.

Constant (Claire), *Versailles, château de la France et orgueil des rois*, Paris, Gallimard, « Découvertes », n°61, 1989. クレール・コンスタン『ヴェルサイユ宮殿の歴史』、遠藤ゆかり／伊藤俊治訳、創元社「知の発見」

双書、二〇〇四年
Cornette (Joël), (sous la direction de), *Versailles. Le pouvoir et la pierre*, Paris, Tallandier-L'Histoire, 2006.
Da Vinha (Mathieu), *Le Versailles de Louis XIV*, Paris, Perrin, 2009.
— (sous la direction de) et Raphaël Masson, *Versailles. Histoire, dictionnaire et anthologie*, Paris, Robert Laffont, « Bouquins », 2015.
Favier (Jean), *Paris. Deux mille ans d'histoire*, Paris, Fayard, 1997.
Ferrand (Franck), *Ils ont sauvé Versailles de 1789 à nos jours*, Paris, Perrin, 2003.
—, *Dictionnaire amoureux de Versailles*, Paris, Plon, 2013.
Gaehtgens (Thomas W.), *Versailles. De la résidence royale au musée historique*, Paris, Gallimard, 1984.
Hours (Bernard), *Louis XV. Un portrait*, Toulouse, Privat, 2009.
—, *Louis XV et sacour*, Paris, PUF, 2002.
Jeanneret (Michel), *Versailles. Ordre et chaos*, Paris, Gallimard, 2012.
Le Brun, 1619-1690, peintre et dessinateur, catalogue d'exposition, Versailles, 1963 ; *Charles Le Brun. Le peintre du Roi-Soleil*, catalogue d'exposition, Le Louvre-Lens, 2016 ; *Charles Le Brun*, Dossier de l'art, n° 240, 2016, éditions Faton.
Le Guillou (Jean-Claude), *Versailles avant Versailles. Au temps de Louis XIII*, Paris, Perrin, 2011.
Levron (Jacques), *La Vie quotidienne à la cour de Versailles aux xvii*^{e} *et xviii*^{e} *siècles*, Paris, Hachette, 1983. ジャック・ルヴロン『ヴェルサイユの春秋』、金沢誠訳、白水社、一九八七年

Maral (Alexandre), *Le Roi, la Cour et Versailles. Le coup d'éclat permanent, 1682-1789*, Paris, Perrin, 2013.

Newton (William Ritchey), *L'Espace du Roi. La cour de France au château de Versailles, 1682-1789*, Paris, Fayard, 2000.

—, *La Petite Cour : services et serviteurs à la cour de Versailles au xviii*^{e} *siècle*, Paris, Fayard, 2006.

—, *Derrière la façade. Vivre au château de Versailles au xviii*^{e} *siècle*, Paris, Perrin, 2008. ウィリアム・リッチー・ニュートン『ヴェルサイユ宮殿に暮らす――優雅で悲惨な宮廷生活』、北浦春香訳、白水社、二〇一〇年

Nolhac (Pierre de), *Histoire du château de Versailles. Versailles sous Louis XIV*, Paris, 1911, 2 volumes.

—, *La Résurrection de Versailles. Souvenirs d'un conservateur, 1887-1920*, Paris, Perrin, 2002.

Pérouse de Montclos (Jean-Marie) et Polidori (Robert), *Versailles*, Paris, 1991.

Petitfils (Jean-Christian), *Louis XIV*, Paris, Perrin, 1995.

—, *Louis XVI*, Paris, Perrin, 2005.

—, *Louis XV*, Paris, Perrin, 2014.

— (sous la direction de), *Le Siècle de Louis XIV*, Paris, Perrin-Le Figaro, 2015. ジャン＝クリスチャン・プティフィス『ルイ十六世』、小倉孝誠監修、中央公論新社、二〇〇八年

Poisson (Georges), *La Grande Histoire du Louvre*, Paris, Perrin, 2013.

Quenet (Grégory), *Versailles, une histoire naturelle*, Paris, La Découverte, 2015.

Richard (Vivien), « La Chambre du roi à Versailles ou l'espace de la majesté », résumé de la thèse de l'École nationale des chartes (2010), dans *thèses.enc.sorbonne.fr* et dans *cour-de-france.fr*

Sarmant (Thierry), *Les Demeures du Soleil : Louis XIV, Louvois et la Surintendance des bâtiments du roi*, Paris, Champ Vallon, 2003.

Saule (Béatrix), « Tables royales à Versailles, 1682-1789 », dans *Versailles et les tables royales en Europe, xviie-xixe siècles*, Paris, RMN, 1993.

—, *Versailles triomphant. Une journée de Louis XIV*, Paris, Flammarion, 1996.

—, « Insignes du pouvoir et usages de la cour à Versailles sous Louis XIV », dans *Bulletin du Centre de recherche du château de Versailles*, 2005, mise en ligne en 2007.

Sciences et techniques des bâtisseurs de Versailles, dans Les Cahiers de Science et Vie, n° 74, avril 2003, notamment les articles de Philippe Descamps et Emmanuel Monnier.

Solnon (Jean-François), *La Cour de France*, Paris, Fayard, 1987, et Perrin, « Tempus », 2014.

—, *Histoire de Versailles*, Paris, Perrin, « Tempus », 2003.

—, *Louis XIV. Vérités et Légendes*, Paris, Perrin, 2015.

—, *Le Goût des rois. L'homme derrière le monarque*, Paris, Perrin, 2015.

Soullard (Étienne), « Les Eaux de Versailles sous Louis XIV », dans *Hypothèses*, 1998/1 (1), p. 105-112.

Tiberghien (Frédéric), *Versailles. Le chantier de Louis XIV, 1662-1715*, Paris, Perrin, 2002.

Verlet (Pierre), *Le Château de Versailles*, Paris, Fayard, 2e éd. 1985.

◆著者略歴◆
ジャン=フランソワ・ソルノン（Jean-François Solnon）
ブザンソン大学教授。近代史が専門で、アンシャン・レジームのもっともすぐれた研究者のひとりである。著書に、10冊ほどのエッセイ、伝記がある。最新刊に、ペラン社からの『王の味――王政の影の男（Le Goût des rois. L'homme derrière le monarque)』や、伝説と真実シリーズの『ルイ14世――伝説と真実（Louis XIV Vérités et légendes)』がある。

◆訳者略歴◆
土居佳代子（どい・かよこ）
翻訳家。青山学院大学文学部卒。訳書に、レリス『ぼくは君たちを憎まないことにした』（ポプラ社）、ミニエ『氷結』（ハーパーコリンズ・ジャパン）、ギデール『地政学から読むイスラム・テロ』、ヴァレスキエル『マリー・アントワネットの最期の日々』、アタネほか『地図とデータで見る女性の世界ハンドブック』、レヴィ編『地図で見るフランスハンドブック現代編』（以上、原書房）など。

ヴェルサイユ宮殿《きゅうでん》
39の伝説《でんせつ》とその真実《しんじつ》

●

2019年6月10日　第1刷

著者………ジャン＝フランソワ・ソルノン
訳者………土居佳代子《どいかよこ》
装幀………川島進デザイン室
本文組版・印刷………株式会社ディグ
カバー印刷………株式会社明光社
製本………小高製本工業株式会社
発行者………成瀬雅人

発行所………株式会社原書房
〒160-0022　東京都新宿区新宿1-25-13
電話・代表　03(3354)0685
http://www.harashobo.co.jp
振替・00150-6-151594
ISBN978-4-562-05667-5